あの花が咲く丘で、
君とまた
出会えたら。
Another
汐見夏衛

イラスト／ふすい
装丁／北國ヤヨイ（ucai）

目次

白昼夢

—佐久間彰—

＊

「おいしい。……幸せの味だあ」

大きな瞳を細めて、目尻を下げて、百合《ゆり》は心底幸せそうに笑った。

その屈託のない笑顔に、こちらまで頬が緩む。

かき氷くらいでこんなに喜んでくれるのならば、いくらでも食べさせてやりたい。自然とそんな思いがこみ上げてきて、自分でも驚く。

甘味処を出たあと、すぐに別れるのが名残惜しくて、少し散歩でもしよう、と声をかけた。

目的もなく、あたりをぶらぶらと歩く。

彼女が荷馬車に驚いてよろけたので、俺は思わず手首をつかみ、それを良いことに「危ないから」と口から出任せの理由をつけて、手をつないだまま歩き出した。

百合は少し照れたように頬を赤らめ、それでもしっかりと手を握り返してくれた。

それがどんなに嬉しかったか、彼女は知らないだろう。


離すのが惜しかった。

離れたくなかった。

この時間が永遠に続けばいいのに――。

つないだ手から伝わってくるぬくもりと、胸の奥から湧き上がる愛おしさが、そんな夢のようなことを俺に考えさせたのだろう。

彼女の存在が、俺の中でこんなにも大きくなったのは、いつからだろう。

最初の印象は、なんだか不思議な子だな、というものだった。

見慣れない服装をしていたし、話し方も少し変わっていた。

誰もが当たり前に知っているようなことを全く知らない様子のときもあって、まるで異国から来た娘のように思えた。

次の印象は、なんて真っ直ぐな子だろう、というものだった。

普通ならば権威や世間の目を怖れて口をつぐんでしまうようなことを、彼女はいつだって臆することなく、はっきりと言葉にする。

自分の素直な気持ちを押し殺すようなことはしない。

悲しいときは泣き、腹が立ったら怒り、嬉しいときは笑う。

どれも俺にはできないことだ。

俺は臆病だから、溢れ出しそうな正直な思いを隠すことばかり考えてしまう。

本心を見せたら自分が、相手がどうなるか、そんな先読みの杞憂《きゆう》ばかりで、踏み出すことができない。

百合は俺とは正反対で、俺に欠けているもの全てを持っているようだった。

いちばん驚いたのは、百合が小さな男の子を守るために警官と対峙《たいじ》したときだった。

警棒を振り回す壮年の大男を前にしても彼女は少しも怯まず、真正面から睨み合っていた。

たまたま通りかかり、慌てて仲裁に入った俺が警棒で誤って頭を打たれたとき、目を上げるとそこには彼女の小さな身体が、俺をかばうように警官の前に立ちはだかっていた。

その背中には恐怖も怯えもなく、ただただ目の前の理不尽に対する怒りに燃えていた。

その華奢な身体のどこにそんな力が秘められていたのかと驚くほどの、激しく大きな怒りだった。

百合の双眸《そうぼう》は、光が宿っているようだった。

瞳の奥にはいつも燃え盛る炎が揺れ、そこから溢れ出る涙は透き通って輝いていた。

俺の目に映る彼女は、あまりにも眩しかった。

惹かれずにはいられなかった。

気がついたときには、どうしようもないほど愛しい存在になっていた。

白く清らかな花の名をもつ少女は、まさに百合の花そのものの純粋で高潔な魂をその身に宿している。

それを、俺は愛した。

でも、他人のために純粋な怒りに燃え、それを隠すことを知らない彼女の人生には、きっと多くの困難が待ち受けているのだろう。

危険な目に遭うこともあるかもしれない。

心配だ。ずっと側にいて、守ってやりたい。

当たり前のように、そう思った。

次の瞬間、無理だと気づく。

だって俺は、あと幾日とも知れない命だ。

もしかしたら明日の今頃にはすでに死んでいるかもしれないのだ。

時間が永遠に続くことなどない。

むしろ一瞬だ。

この幸せなひとときは、たった一瞬、人生の終わりに神様が俺を憐れんで見せてくれた、儚《はかな》い白昼夢のようなものだ。


連れ立って歩く老夫婦とすれ違った。

目尻の皺を深くしながら、互いを慈しむように見つめ合っている。

羨ましかった。

でも、俺にはあんな未来は決して訪れないのだ。

百合と永い時間を共に過ごすことも、年老いるまで側にいることも、俺にはできない。

そんなことは考えないようにしようと、必死に自分に言い聞かせているのに、どうしようもなく、悔しいなあ、と思った。

悔しいなあ。

一緒にいられないのが、守ってやれないのが、こんな時代に生まれてしまったのが、悔しい。

本当に悔しい。

でも、それはどうしようもないことだ。

受け入れるしかないのだ。

大切な人たちの日々の暮らしを、命を、未来を、守るために命を懸けることが俺の宿命《さだめ》で、俺の使命だから。

万にひとつの可能性に賭けて、俺は征《ゆ》くのだ。

死んだらどうなるのだろう。
肉体が死んだらこの魂はどこへ行くのだろう。
輪廻転生というのは本当にあるのだろうか。
もしも本当に生まれ変わることができたら、
俺はまた百合を見つけて、今度こそずっと側にいたい。
永い時を共に過ごしたい。
どうか叶いますように――。

つないだ手に力を込めながら、俺はひそやかに願った。

三日月

—石丸智志—

＊

真夜中に、ふと夢から覚めた。

兵舎の狭い窓から見上げた月はまだ若く、頼りない姿をしている。兎の一羽も棲めないような、糸のように細い三日月だ。

十五夜お月さん……と心の中で歌ってみる。

歌いながら、俺は次の満月を見ることはないんだなあ、と思う。

出立は明日の昼。あと半日の命だ。

俺の人生、これで終わりか。

二十一年。じゅうぶん長かった気もするし、ずいぶん短かった気もする。

しかしまあ、なかなかに好い人生だったんじゃないか。

親に恵まれ、友に恵まれ、仲間に恵まれ――うん、好かった。楽しかった。

頭も器量も平々凡々な男の生涯にしては、これ以上ないくらいに幸せだった。

とはいえやはり、おふくろはひどく泣くだろうなあ、と思う。

おやじだって、格好つけだから人前ではこらえるだろうが、隠れて涙を流すに違いない。

仲間や友人たちも、何人かは泣いてくれるだろう。

疑いもなくそう思えるというのは、やはり俺が両親に愛されて育ち、好い友と好い仲間に囲まれて生きた幸せ者だったという紛れもない証《あかし》なのだろう。

俺は幸せ者だ。

実に楽しい人生だった。

この世に未練など何ひとつない。

……そう言い切れるはずだったのに、どうにも振り払えない面影があった。

つい先ほどまで見ていた夢。眠りにつく間際に、彼女のことを考えていたからだろうか、俺は彼女の夢を見ていた。

夢の中で俺は、彼女と手をつないで、桜並木をのんびりと歩いていた。

桜を見ることなど、もう二度とないのに。

彼女と手をつなぐことなど、一生ありえないのに。

もっと生きたかった、死にたくない――そんなふうには思いたくないのに。

きっと一度でもそう思ったら、せっかく決めた心が揺らいでしまう。

揺らぐのはどうしようもなく苦しいから、考えたくない。

それでも、俺を見上げる彼女の眼差しが脳裏に浮かんでくる。

俺の勘違いでなければ、彼女はきっと、俺のことを憎からず思ってくれていたのだろう。

俺だって好ましく思っていた。大事に思っていた。簡単に近づくことすらできないくらいに。

ほんの短い間の付き合いだったが、彼女の心根の優しさと清らかさは、いやというほど伝わってきた。

店の手伝いや俺たち隊員の世話に奔走するひたむきな姿も、愛らしい笑顔も、可憐に笑う声も、何もかも忘れがたく、思うほどに苦しくなる。

ついさっき、最後のお別れをしてきたところだった。

出撃の決まった夜に書いた、『君に幸あれ』という手紙を、誰にも見られないようにこっそりと彼女に渡した。

本当はもっと書きたいことがあったが、そう書くだけで精一杯だった。万年筆を握った手が震えてしまって、その五文字しか書けなかったのだ。

手紙には書けなかったが、彼女を目の前にしたら不思議と力が湧いてきて、

『君は絶対に幸せになる。俺が保証する』

最後になんとかそれだけは自分の口で伝えることができた。

お道化《どけ》てばかりのくせに根ははにかみ屋の俺にしては、まあ、及第点と言っていいんじゃないか。

俺は夜空の月から目を戻し、身を起こして、枕元に置いていた小さな布人形を手に取った。

おさげ髪の愛らしい少女を、じっと見つめる。

戦地へ赴く兵士に贈られる『お守り人形』というやつだ。

彼女が自分の手で縫ってくれた、自身をかたどった人形。別れ際に、渡してくれた。

大きな双眸に、今にも溢れそうなくらいに涙をいっぱいに浮かべて、それでも溢れ落ちないようにこらえて、微笑みながら。

そのいじらしい表情を思い出しつつ、俺はお守り人形に目を落とす。

目鼻は少しいびつで、着物も歪んでいる。彼女が見せてくれた花の刺繍はとても上手だったから、おそらく俺たちの出撃を知ってから、大急ぎで作ってくれたのだろう。

お世辞にも上出来とは言えないかもしれない。

だが、いかにも健気で可愛らしくて、まさに彼女そのものだ。

愛おしさがこみ上げてくる。

「……君は絶対に幸せになる。俺が保証する」

俺は人形に向かって、もう一度そう囁きかけた。

同時に何かが喉の奥から沸き立って、口から飛び出しそうになった。

叫びか、慟哭《どうこく》か。自分でもよく分からない何かを、きつく唇を噛んで、必死に飲み込み、抑え込む。

思わず人形を強く握りしめた。

すると、何かがかさりと音を立てた。

「……?」

見ると、少女の首に細い編み紐のようなものが掛かっているのに気がついた。

指をひっかけて、そろりと引き出してみる。

小さな巾着袋が出てきた。それを少女が首から下げているのだった。

それはお守り袋のような形をしていた。触れてみると、かさかさと音がして、中に紙切れのようなものが入っているらしい。

袋の口を開いて取り出す。

小さく折りたたまれた紙だった。

開いてみると、手のひらにすっぽりおさまる小さな薄紙に、小さな字が丁寧に書かれている。


『祈御武運』


ご武運を祈ります、か。

彼女らしいなと思う。知らず口許が緩んだ。

そしてその下には、さらに小さな字で、控えめに、こう書かれていた。

『石丸《いしまる》さん
ありがとうございました。
貴方《あなた》にお会いできて幸せでした。
いつの日かまた、必ず。
千代《ちよ》』

――ああ、待っていてくれるのだな。
そう直感した。
千代ちゃんは、俺のことを、待ってくれるのだ。
いつか会いにいく日を、また出会える日を、待っていてくれるのだ。
彼女が別れ際に見せた、美しい涙と微笑み。
堪えきれないような泣き顔、必死に浮かべた笑顔。
あんな顔をさせなければならなかったことが、とても、とても心苦しい。
「君は絶対に幸せになる」

呪文のように、唱えてみる。

いや、『呪文』は違うな。呪いではない。こんな間違いをしたら、また佐久間《さくま》に笑われてしまう。

その人に幸せになってほしいという最大級の願いを込めて唱える言葉、『祝詞《のりと》』とでも言えばいいのか。なんだか違うな。

これはやはり『祈り』と言うのだろうか。

ああ、もう、なんだっていい。

言葉なんかでは、この気持ちは表せない。

だから、ただただ願い、祈る。

神様、仏様、どうか頼みますよ。

どうか、どうかあの子を、幸せにしてやってください。

頼りない月にそう願う。祈る。

それから少女人形の頭に手を当て、心の中で語りかけた。

君は絶対に幸せになる。

俺が保証するから、安心してくれ。

俺の残りの寿命は、お世話になったツルさんに渡す約束をした。

だが、俺の幸福も、少なからず残っているだろう。

なんせまだ二十一年しか生きていないのだ。

ここで死ななかったなら得られるはずだった幸せが、まだまだたんまり残っているだろう。

それは千代ちゃんに丸ごとあげよう。


千代ちゃん、どうか幸せになってくれ。

君は絶対に幸せになる。

俺が幸せにしてやると、言ってあげられなくてごめんな。

でもきっとまた会えるさ。

たくさんの時が流れて、共に過ごしたこの場所から離れて、
俺ではない俺になっているだろうけど、
君ではない君になっているだろうけど、
それでもいいじゃないか。
今度こそは、素直な気持ちを伝えられる出会い方をしよう。
自分の想いに蓋をして、相手の想いにも気づかぬふりをして、互いに何もかも
呑み込んで、……そんな虚しいことなどしなくてもいい世の中に、なっていると
いいよなあ。
じゃあ、いつの日かまた、必ず。

水蜜桃

—加藤正勝—

＊

やっと、やっとここまで来た。

特攻機に乗り込み操縦桿を掴んだ瞬間、頭の先から足の先まで震えが走った。武者震いだ。

出撃命令が下るのを今か今かと待ちわび、とうとうこの日がやって来たのだ。

俺が本土でのうのうと生きていた間に、数えきれないほど多くの若者たちが、学生たちが、共に苦難に耐えてきた同胞たちが、俺よりも先に戦いの最前線へと赴いた。

俺は悔しかった。虚しかった。惨めだった。

一刻も早く戦線に加わりたい、絶大な戦果を上げたいという焦りに押し潰されそうだった。

何度も上官に直談判して、やっとのことで、出撃の命を拝することができたのだ。
喜びに打ち震えずにいられようか。
全身の血が沸騰するような興奮が込み上げてきた。
俺がやらねば誰がやる。
やるぞ。俺は絶対にやってやる。

*

『加藤《かとう》さんはなんで特攻隊に志願したんですか』
いつだったか、板倉《いたくら》がそう訊ねてきたことがあった。
『御国のために命を散らすことこそ、男子の本懐だ』
俺は力強くそう答えた。

だが本当は、俺が特別攻撃隊への入隊を熱望した理由は、それだけではなかった。

特攻兵に選ばれ敵艦を沈めるという、軍人としての最高の名誉。それを喉から手が出るほど欲したのは、ほかでもない母のためだ。

根性なしの父のせいで、ずっと辛い思いをして耐えてきた母の姿を、俺は見ていたから。

父は生粋の帝国軍人であった。

順調に出世昇進し、中将にまで成った父を、俺は誇りに思っていた。

それなのに、最前線の戦地で重要作戦の指揮を任されながら、あろうことか、父は敵前逃亡したのだ。

周囲から尊敬の眼差しで語られていた父は、腰抜けと蔑まれるようになった。

日に日に戦況が悪化していると噂され、国民はみな不安を抱えて、焦燥の念を募らせていた。そんな中での敵前逃亡。

それを知ったとき、俺は愕然とした。

近隣の人々からは非国民だの国賊だのと罵られ、親族からも見離され、俺たち家族はずっと居たたまれない思いをしてきた。

仏壇の前に座り込み、深く項垂《うなだ》れる母の背中。それを見た瞬間、言いようもない怒りが身の内から沸き上がってきた。

何に対する怒りなのか、自分でもよく分からない。

全てが恨めしく、憎らしかった。

この怒りを昇華させるには、自ら敵を討つしかないと思った。

折しも憎き米軍の大艦隊が日本の南海へ大挙して押し寄せてきた。

日米の戦闘機が激しい空中戦を繰り広げ、また空母から飛び立った爆撃機により日本各地で大空襲が行われていた。

何万、何十万の命が、日夜、奪われている。

このままでは日本は終わる。

故郷に残してきた母も、幼い弟妹たちも、いつ戦火に襲われるか分からない。

何がなんでもこの手で敵艦船を沈めてやりたい。

そこへ来て自分の隊でも特攻隊員が募られたのはうってつけだった。

九死一生ならぬ、十死零生。望むところだ。

この命をもって、故国の危機を救う。そして我が家に塗られた泥を雪《そそ》ぎ、名誉を取り戻してみせる。

俺が見事敵艦を撃沈すれば、ようやっと我が家の汚名は晴れ、母ももうこれ以上辛い思いをしなくて済むだろう。

それに、戦死すれば、遺族には多額の死亡賜金《しぼうしきん》が給付される。弟妹たちにも、なんら親孝行できなかった母にも、少しは楽をさせてやれるだろう。

だから俺はなんとしても特攻したかった。

特攻で死にたかった。

これ以上ない名誉の死を遂げねばならなかった。

＊

——俺が死んだら、母は泣くだろうか。

ふと浮かんだ思い。慌ててかき消す。

なんと情けない。今際の際で母を思い、心を乱すとは。

俺は大和魂で戦う日本男児だ。命を惜しむなど腑抜けのすることだ。

家族を敵に殺されるくらいなら、俺が死ぬ。

さあ、征くぞ。

必中必殺の鉢巻きをきつく巻き直し、遥かなる空へと飛び立つ。

目の前から頭上まであまねく広がる夏空が、息をのむほど青くみずみずしく、美しかった。

ふいに、渇いた舌の上に甦った、あの日の水蜜桃《すいみつとう》の味。

＊

幼いころ、俺は桃を好んでいた。

当時は大東亜戦争《だいとうあせんそう》の開戦前で、国民の暮らしも今ほど貧しくなく、食うものにも着るものにもさして困らなかった。今となっては日本中走り回っても手に入らないような物資や食糧が当たり前に売られていた。

風邪を引き高熱を出して寝込んだ夜、まともに飲み食いできなかった俺のために、母が好物の水蜜桃を買ってきてくれた。

枕元に座り込み、柔らかく微笑みながら、器用な手つきで皮を剥く母の姿を、よく憶えている。

細く切り分けてもらった桃を口に含むと、みずみずしくとろけるような甘さに満たされた。

熱に浮かされた身体に、あれほど美味いものはなかった。

そのうち戦争が激化すると、林檎や桃などの水菓子は出回らなくなった。

主要食糧増産の政策がしかれ、米や大豆などの穀物の生産が最優先とされたからだ。嗜好品と見なされた果実などは、果樹園の樹木の多くが伐り倒されたり、新植が制限されたりして、生産されなくなった。

穫れたての新鮮な果実など、夢のまた夢だった。

しかし出征前夜、母がどこからか、水蜜桃を手に入れてきた。

どんなに困窮しても最後まで手離さずにいた京友禅の花嫁衣裳と引き換えに。

鮮やかな薄紅色と、黄みがかった白が、夢のように美しかった。

『あなた、桃が好きだったでしょう。これっぽっちで申し訳ないけれど……』

そっと桃を支え、崩さないよう慎重に皮を剥いてくれた、痩せ細った手。

俺はこらえきれない涙を拭いながら頬張った。

幼かったあの日と同じ、いやあの日よりもさらに、涙が出るほど美味かった。

家族と食卓を囲んだ最後の夜だった。

＊

最期のときが近づいている。

無事に空を飛べていることに、ひとまず安心した。

出撃しても機体の故障などで引き返すことも珍しくないと聞いていたので、もしも体当たりどころか、敵艦隊の近くまでたどりつくことすらできなかったらどうしようと不安に思っていたのだ。

海上ではできるだけ低空を飛べと、実戦経験のある寺岡《てらおか》さんから教わっていた。

米軍のレーダー網にかかってしまうと、空母にたどりつく前に、護衛艦や戦闘機に迎撃されてしまうからだ。

特攻機の中には、体当たりをする前に、砲撃や爆撃、銃撃によって撃ち墜とされるものも少なくないという。

特攻隊員の多くはまだ若く、実戦経験がない。それどころか、飛行の経験すらほとんどない者もいる。

経験しようにも、飛行機も燃料も全く足りないからだ。あまりの不足に故障機や練習機まで動員されている始末だ。それでも飛行機は足りていない。

少年飛行兵の中には、離発着の訓練だけを受けて今日を迎えた者すらいる。

過酷な訓練を必死に耐え忍び、やっとのことで操縦士となって、爆弾をつけて初めての飛行で、いきなり特攻だ。なんということだろう。

こんなものうまくいくはずがないという冷静な思いと、否なんとしてもやってやるんだという熱烈な思いのはざまで、俺は唇をきつく噛み締める。

レーダー網をかいくぐり、海面すれすれを飛んで、じりじりと空母に近づく。

さあ、時が来た。

『敵艦発見』

信号を送る。

『我これより突入す』

深く息を吸い込む。

「……、天皇陛下万歳！」

口をついて出そうになったある言葉をなんとか飲み込み、そう叫んだ。

そのとき、ドオンと耳をつんざくような轟音が響き渡った。砲撃だ。

気づかれたか。

次々に爆音が響く。

猛攻だ。戦艦の大砲から砲弾が飛んでくる、爆撃機からは爆弾が落とされる、戦闘機の機銃からは銃弾が撃ち込まれる。

目の前は火と煙の嵐だった。何も見えない。

耳も爆音で麻痺したように何も聞こえない。

しかし、今さら引き返すことなどできない。

行くしかない。

「うわあああ――――っ！」

おそらくあのあたりに空母があるだろうと目星をつけ、弾幕の中へ飛び込む。

母の泣き顔が、出征直前に抱きしめてくれた腕のぬくもりが、水蜜桃の甘さが、甦ってくる。

こらえていた叫びが、とうとう喉から飛び出した。

「――――おかあさ――――ん!!」

視界が真っ白に弾けた。

夜半月

—板倉和久—

＊

『――前へ出よ』

うつむいてしまいたかった。

でも、そんなことをすれば、心の内を知られてしまう。

じりじりと日に灼かれた地面から、煮え湯のような熱が立ち昇ってきて、頭がくらくらした。

衝撃と恐怖に立ちすくむ俺の横で、仲間のひとりが一歩、前に踏み出した。

途端に、遅れてはならぬと言うように、我先にと皆が動き出す。

恐ろしい眼差しが俺を見ている。

ぜえぜえと呼吸が荒くなった。

心臓が今にも弾け飛びそうに激しく鼓動を打っている。

眩暈《めまい》がする。
気が遠くなりそうだ。
何も考えられない。
右足がずりっと地面を擦る。
だめだ。
ここで持ちこたえなければ。
俺は知っている。
踏み出したらどうなるのか。
それでも足は、俺の意思と関係なく、前へ出た。

瞬間、視界が白く弾けた。
強い風に全身を吹かれ、飛ばされる。

隣にはいつの間にか、懐かしい人たちが立っている。
四人とも、まっすぐに前を見ていた。
前を見つめたまま、静かに俺に問いかけてくる。
『お前、逃げるのか』
『俺たちを見捨てるのか』
『共に死のうと約束したじゃないか』
『なぜだ』
俺は震える声で応える。
『ごめんなさい……ごめんなさい……許してください……』
地面に頭がめり込むほどに土下座をして、這いつくばって謝った。
それでも、俺は、許されない。

再び視界が白く歪む。
『国賊！』
『腰抜け！』
『恥を知れ！』
俺を罵る声が、雨あられのように降ってくる。
俺を潰さんと、石つぶてが飛んでくる。
そうだ、俺は人でなしだ。
死にゆく仲間に背を向け、自分だけが、のうのうと、生き残った。
恩知らずの、恥知らず。
俺は、生きる価値などない、最低な人間だ――。

＊

「――和《かず》さん！」

暗闇を裂く声に、はっと目を覚ます。

うつろな視線を巡らせて、闇に浮かび上がる白い顔を見つけた。

「多恵《たえ》……」

「和さん、大丈夫？」

彼女は布団から身を起こし、こちらを見つめている。

俺も同じように身を起こした。

その様子を見て、多恵はほっとしたように眉を下げる。

「ずいぶんうなされていたわ。悪い夢でも見たの？」

「ああ、そうか、夢だったか……」

どうしようもない罪の意識が見せた夢だろう。

俺はふうと息を吐き、ゆっくりと立ち上がった。

「……ちょっと外の風に当たってくる」

ふすまを開けて縁側に出て、掃き出し窓を細く開けた。

＊

子どものころから、大空を自由に飛び回る操縦士に憧れていた。いつか飛行機を自在に乗りこなす格好いい男になりたいと夢見ていた。

念願叶い、十五で陸軍飛行学校に入学した。

約二年かけて各地の基地で厳しい訓練を受け、操縦の知識を習得した。

卒業後は少年飛行兵として入隊し、これから技能を磨いて戦闘機乗りになろうと意気込んでいた。

しかし、入隊してすぐに、

『うちの隊でも特攻隊が編制されるらしい』

という噂が聞こえてきた。

特攻隊員が募られたときに志願しなければ、上官から血反吐を吐くまで殴られ、監禁され、死んだほうがましと思うほど酷い目に遭う、などという話も聞こえてきた。

身震いしそうな思いだった。信じられなかった。

まだまともに飛行機に乗ったこともないのに特攻なんて、まさかそんなことはありえないだろうと思った。いや、思い込もうと必死だった。

それから三日と経たないうちに、所属部隊の搭乗員全員が集められ、滑走路に整列させられた。

俺たちの前に、司令長官が立った。

嫌な予感がした。そして的中した。

『これより、特別攻撃隊員を募集する。我こそはと思わん者、手を挙げて、前へ出よ』

水を打ったように静まり返った。

永遠にも感じられる数秒間。

ひとりが逡巡《しゅんじゅん》を断ち切るように勢いよく挙手して、大きな一歩で前に出た。

すると、つられたように次々に手が挙がった。

みな苦しい訓練の日々を共にしてきた戦友だった。

ここで前に出なければ、先に覚悟を決めた仲間に顔向けできないという気持ち。

それだけではない、拒否すればどんな仕打ちを受けるか分からないという恐怖。

それらに衝き動かされるように踏み出す仲間たち。

それでもまだ手を下ろしたまま、一歩下がったままの俺を、長官の鋭い眼差しが射貫いた。

みな手を挙げている。

上官たちが睨んでいる。

その雰囲気に呑まれては、もはや踏みとどまる勇気はなかった。

結局俺も含めて全員が一歩前に出て整列した。

志願者が多かったため、

『選考のうえ後日連絡する』

ということになった。

それで少し肩の力が抜けた。

まさか自分が選ばれることはないだろう、と思ったのだ。

しかし数日後、俺を含めた数人に、南方の特攻基地への異動命令が下った。

『遺書を書いておけよ』

そう付け足されて、目の前が真っ暗になった。

しかし、いざ特攻隊に配属されると、覚悟は決まった。

決めるしかなかった。

特攻基地で新たに仲間となった人たちは、いちばん年若い俺を『末っ子』と呼び、ずいぶん可愛がってくれた。

基地の近くにある軍指定食堂では、おかみさんが第二の母のように優しくしてくれた。

本土上陸をなんとしても阻むために、故郷の家族やおかみさんを守るために、この仲間と共に、米軍の大艦隊の戦力を少しでも削るのだ。

さらに決意は固まった。

しかし、夜になると、いつも脳裏に多恵の顔がよぎった。

この戦乱の世で、彼女は、どれほど心細い思いをしているだろうか。

毎日のように各地の空襲の情報が入ってくる。そのたび、もしも故郷で再び空襲があったら、足の不自由な彼女は自力では逃げ切れないだろう、と不安になった。

それを防ぐための特攻だと頭では理解しているはずなのに、どうしても、近くにいてやりたい、この手で守ってやりたいという気持ちが膨れ上がった。

そしてとうとう出撃命令が下されたとき、俺は逃げ出す決意をした。

こんなことになるなら初めから志願しなければよかった。

俺は泣きながら仲間に詫び、罵られながらも逃げ出した。

ただただ、死にたくなかった。

彼女と生きたかった。

＊

ずず、と足を引きずる音がして、俺は振り返る。

多恵は、空襲のときに負った怪我が原因で足が不自由だった。治る見込みはなく、一生元のようには歩けないと言われている。

「大丈夫か。無理をするなよ」

「平気よ。和さんこそ……」

彼女はそれ以上何も言わず、俺のかたわらにゆっくりと腰を落とした。俺は彼女の肩を支えつつ、一緒に座った。

ふたり肩を並べて、庭先の夜空に低く浮かぶ月を見つめる。

「……佳い月ね」

「ああ、綺麗だな……」

今夜は満月だ。蜜柑《みかん》のような鮮やかな橙色に輝いている。

蜜柑、ずいぶん食べてないなあ。

また手に入る日が来るだろうか。

戦後の混乱はまだおさまる気配がなく、国民の貧しい暮らしは続いていた。

＊

特攻から命からがら逃げ出したあとも、気持ちの休まるときはなかった。

脱走兵は憲兵に追われ、見つかれば射殺、よくても拷問だ。

いつ捕まるかと怯えながら逃げつづけ、なんとか故郷にたどり着いた。

しかし、特攻から逃げた脱走兵などと市民に知られれば、密告される。

俺はすぐさま多恵を連れて故郷を離れた。

息をひそめるように暮らしはじめて、一月後、戦争が終わった。

夢を見ているようだった。

良い夢でもあり、悪い夢でもある。

終戦し、これからは戦火に怯えなくていいと思えば、良い夢だ。

しかし、あれほどたくさんの犠牲を出して、若者たちを数えきれないほど死なせて、その結果が敗戦かと思うと、言いようのない感情に包まれた。

終戦一月前に特攻した彼らは――俺に良くしてくれた寺岡さんは、加藤さんは、石丸さんは、佐久間さんは、その他大勢の仲間たちは、本当に死ななければならなかったのか。

なぜ死ななければならなかったのか。

あまりの不条理に全身を包まれ、数日間は動けなかった。

数カ月後、同じ基地に配属されていた吉野《よしの》さんという人と、偶然再会した。

出撃したもののエンジンの故障により引き返し、修理を待っている間に終戦を迎えたため、特攻を免れたとのことだった。

「板倉、病気はもういいのか」

開口一番、そう訊ねられた。

それで俺は、寺岡さんたちが病気ということにしてくれたらしいと知った。だから追われずにすんだのだと。

もしもばれたら連帯責任で殺されてもおかしくなかったのに、俺を庇うために、嘘をついてくれたのだ。

俺は自分と彼女のことしか考えられなかったのに。

なんて優しい人たちなんだ、と思った。

吉野さんから、彼らは全員死んだと聞いた。

まず浮かんだのは、寺岡さんの奥さんと娘さんの写真だった。

あまりの罪悪感で、息もできないほど苦しかった。

素晴らしい人たちだった。

でも、みんな、死んでしまった。


終戦後も国民の暮らしは一向に良くならず、貧困と飢餓に苦しむ人々の心は荒んだままだった。

俺が特攻の生き残りだという噂が回ると、町の人たちから向けられる視線は、冷たく鋭くなった。

「逆賊……」

「非国民……」

「恥さらし……」

道を歩いているだけで、そんな声が聞こえてくる。

石を投げられることも珍しくなかった。

杖をついて隣を歩く多恵にだけは危害が及ばないよう、彼女の頭を抱えるようにして歩いた。

「やめてください！　この人があなたに何をしたって言うの」

あるとき多恵が耐えかねたようにそう叫び、投石はやんだものの、

「軍需生産優先で、俺たちはその日食うものにも困っていたのに、お前は軍隊でさんざんいい思いをして、たらふくおまんま食って、ご馳走食って、そのくせ逃げ出してきたんだろう」

そんな捨て台詞を吐かれたこともあった。本当のことだったので、言い返せるわけもなかった。

＊

「もう戦争は終わったっていうのに、なんでまだ和さんは、こんなふうに苦しまないといけないの」

多恵が、夜半の月を見つめながら、悔しそうに呟いた。

俺は彼女の額に頬を寄せ、

「……いいんだ。どうってことないよ」

と苦笑する。

罪の意識に苛まれることも、悪夢にうなされることも、罵声や石を投げられることも、なんということはない。

特攻基地でひたすら出撃命令を待っていたあの地獄の日々を思えば、こんな苦しみなど、なんでもない。

こんな程度で弱音を吐いていたら、寺岡さんたちに顔向けできない。

どんな目に遭っても、どんなに罵られても、俺は絶対に生きなくてはならないのだ。

俺を逃してくれたあの人たちのために。

『お前は生きろ』

『生きて、守れ』

佐久間さんの言葉が、今も鼓膜にこびりついている。

黙って見逃してくれた寺岡さんと石丸さんの眼差しも、苦々しげに見ていた加藤さんの顔も、目に焼きついている。

俺は、生きる。

あの人たちの分まで、生き抜いてやる。

そして、この国がどうなるか、見届けてやる。

あの立派な男たちを、生き神様だのなんだのと崇め奉りながら捨て駒にした、この日本が、これからどんな国になるのか、見届けてやるのだ。

「……和さん」

多恵が静かに口を開いた。

「生きていてくれて、ありがとう」

俺ははっと目を見開き、多恵を見つめる。

彼女は大きな瞳を潤ませて、俺を見上げた。

「私のために、生き延びてくれて、ありがとう」

俺は息を呑む。

生き延びたことを、罪だと思っていた。恥だと思っていた。

生きたいから生き延びた。後悔はない。

それでも、罪は罪だと思っていた。

この罪を一生背負って生きねばならないと、覚悟していた。

でも、多恵は、ありがとうと言ってくれるのか。

「あなたの罪の意識も、あなたに向けられる悪意も、私は全て共に背負うわ」

多恵は宣誓のように告げた。

潤んだ瞳に、月明かりが反射している。

美しい涙だった。

「……ありがとう」

声を震わせて応える。

「生きよう」

俺も宣誓のように告げる。

「一緒に生きよう。生き抜こう。こんな世の中はおかしいと、胸を張って言える世の中になるまで、生きてやろう」


いつか、あの人たちのことを堂々と話せるときが来たら、語り継ごう。

この国がどんな大きな過ちを犯し、多くの犠牲を払ったのか。

戦争を知らずに育つ子どもたちに、語り継ぐのだ。
それだけが、この罪を償いうる唯一の手立てだろう。
それこそが、俺が生き残った意義、俺の使命だろう。

まだ見ぬ未来に思いを馳せながら、俺はいつまでも、目映いほどに明るく輝く満月を見上げていた。

夏の空

—中嶋千代—

＊

魚屋の朝は早い。

まだ暗いうちに起き出して、まずは市場へ行き、今日の分の魚を仕入れ、店に戻り仕込みをして、開店準備をする。それらが落ち着いてからやっと朝食だ。

お父さんとお母さんは仕入れや仕込みで余裕がないので、朝ごはんを作るのはいつも私の仕事だ。

そういうわけで両親も私も朝はいつも忙しいのだけれど、去年の夏に弟の芳郎《よしろう》が生まれてからはそのお世話も加わって、さらに慌ただしい。

「わああ、わあああん！」

ほら、さっそく泣き出した。

「あら、よっちゃん。お目々が覚めちゃいましたか」

台所でお味噌汁を作っていた私は、急いで手をすすぎながら「ちょっと待ってね、すぐに行くから」と寝室へと声をかける。

割烹着の裾で濡れた手を拭いつつ、居間を通って寝室に向かうと、ちょうど芳郎が目をこすりながらよたよたと歩いてきた。

「あんよが上手、おりこうさん」

ぜんまい仕掛けのお人形みたいな動きが可愛らしい。芳郎は「あー、あー」と両手をこちらへ伸ばしてくる。

「はあい、ねえねが来ましたよー」

抱き上げると、泣きながらぎゅうっと抱きついてきた。

「よっちゃん、どうして泣いてるの。おしめが濡れた？　お腹が空いた？　それともさみしんぼかな」

小さな芳郎の世話は大変だけれど、ここまで無事に大きくなってくれたという安堵と喜びで、大変さなんて飛んでゆく。

私と芳郎の間には三人の弟と妹が生まれたけれど、戦時中で満足に食べさせてあげられず、病気になっても医者は呼べず薬も手に入らず、早くに亡くなったり裕福な家に養子に出されたりして、誰ひとり残っていない。今はふたり姉弟だ。

だから、芳郎がすくすくと育ってくれているのが、何より嬉しいのだ。

小さな身体だけれど、ずっしりと重たい。中身がしっかり詰まっているのが分かる。

ついこの間まで、ふにゃふにゃの身体でごろんと寝転んで、もぞもぞ手足を動かしながら泣くことしかできなかったのに。ほんの一年でこんなに身体がしっかりして、歩けるようになるまで成長するなんて、奇跡みたいだ。

私はもうすぐ隣県の味噌蔵へ奉公に行くことになっている。

戦争が終わったら暮らしが楽になるかと思いきや、食糧難や物資の不足は続いた。むしろ戦中よりも手に入りにくくなったものもあった。

闇市へ出かければ闇屋では色々なものが手に入るけれど、公定価格の十数倍で売られていたりして、どれもひどく値が張る。うちのような庶民には、思うように買うこともできない。戦後すぐのころは、お湯の中にほんの少しの米粒と野菜かすが浮いているような薄いお粥ばかりだった。

その当時に比べれば今は幾分ましにはなっているけれど、それでも楽な暮らしからはほど遠い。

もしも芳郎が病気になっても、今の暮らしでは、滋養のあるものを食べさせることも、いい薬を飲ませてやることもできず、なんにもしてやれないかもしれない。

田舎で細々と商いをしている我が家の暮らしは戦後二年経ってもなかなかよくならず、家計が厳しいからだ。

漁師さんがとった新鮮な魚はどこへ流れてしまうのか、魚屋でも質のいい魚を仕入れることは難しく、なんとか仕入れたものを底値に近い値段で売っている。じゅうぶんな稼ぎがあるとは言いがたい。

住み慣れた家を出て家族と離れて暮らすのは、寂しくないと言ったら嘘になるけれど、私ががんばって働いてたくさん仕送りをできれば、芳郎がお腹いっぱい食べられるようになる。

「よっちゃんと会えなくなるのは悲しいけど、よっちゃんのためにがんばるからね」

抱っこした身体の、重さとぬくもりが、涙が出るほど愛しい。ふっくらとしたすべすべのほっぺたに頬ずりをすると、元気が湧いてくる。

可愛い芳郎のためなら、いくらでもがんばれそうな気持ちになるのだ。

＊

朝食が終わったあとは、芳郎をおぶって配達へ行く。

芳郎はおんぶで歩くとすぐに寝てくれるのでありがたい。

鶴屋食堂の裏口から顔を覗かせると、かまどの前にいたツルさんがすぐにこちらに気づき、

「あら、千代ちゃん、おはよう」

にこにこと声をかけてくれた。

「おはようございます、ツルさん。本日の配達です」

魚が入った木箱を抱え上げて、私も笑顔で応える。

「ご苦労さま。いつものところにお願いしていいかい」

かまどの火を加減しながら、ツルさんがそう言う。

私は「はい、分かりました」と頷き、木箱を土間の隅に置いた。

「ありがとう、千代ちゃん」

そう言ってこちらへやってきたツルさんが、私の背中を覗き込む。

「芳郎ちゃん、よく寝てるねえ」

目を細めて、頬を緩めている。ツルさんは子ども好きなのだ。

娘さんとお孫さんを空襲で亡くして、ずっと悲しみを抱えていたから、芳郎が生まれたときはずいぶん喜んでくれ、今でもすごく可愛がってくれている。

「赤ちゃんっていうのは、なんて愛らしいんだろう。いつまででも見ていられるねえ」

芳郎のおもちみたいなほっぺを、ツルさんはそっと撫でてまた目を細める。

それから優しく微笑んだまま私に言った。

「千代ちゃん、ちょっと休憩していくかい。配達はもう終わりでしょう」

「いいんですか。じゃあ、お言葉に甘えて」

「ちょうど話し相手が欲しかったんだよ。芳郎ちゃんは縁側へ寝かせておこうか、日陰で風が通って涼しいから」

「ありがとうございます」

＊

座布団の上に芳郎を寝かせると、目が覚めてしまったのか少しぐずった。お昼寝にはまだ足りないはずだ。

縁側に腰かけて芳郎の胸をとんとん叩き、寝かしつけていると、

「今日はいちだんと暑いねえ」

ツルさんがお盆にのせたお茶を持ってやってきた。

私も「暑いですねえ」と笑う。

「子どもは体温が高いから、寝苦しいだろうねえ」

ツルさんはそう言って、うちわで芳郎をあおいでくれる。

家ではずっと芳郎のお世話にかかりきりなので、ツルさんの家に来ると、少し息が抜ける。

お茶をいただきながら、無意識のうちに、庭木の向こうに広がる景色へと目を向けた。

真っ青に晴れた空と、真っ白な入道雲。

八月半ば、真夏の景色が広がっている。

ツルさんも同じように空を見上げた。

「…………」

「…………」

ふたり言葉もなく、ただじっと、青く澄んだ空を見つめる。

きっと考えていることは同じだろうなと思った。

夏の空を見ると、忘れたくても忘れられないあの日の光景が、今でも鮮やかに甦ってくる。

真っ青な空に、消えていった光。

終戦の夏から、もう二年。

彼らと出会い、別れてから、もう二年も経つのか。

あの夏のことを、今はもう、わざわざ口に出すことはない。

でも、ツルさんも、私も、一時も忘れてなどいない。それが、互いの目を見れば分かる。

縁側の端の飾り棚の上には、真っ白な花瓶が置かれていて、いつも季節の花が綺麗に生けられている。

「……百合」

私は思わず呟いた。

うん、とツルさんが小さく言った。

肩を並べて座り、お茶を飲みながら、凛と咲く白百合の花を見つめる。

「──今頃どこでどうしてるのかねえ、百合ちゃんは……」

ツルさんが囁くように言った。

「元気にしていてくれてるといいんだけどねえ……」

「……百合なら、きっと、大丈夫」

つややかで無垢な純白の花びらを見つめながら、私は答えた。

百合という少女は、ある日突然私たちの前に現れて、ある日突然姿を消した。

特攻隊の出撃を見送りに行った、あの日のことを思い出す。

基地の滑走路沿いに集まった人々にまじって、私も目の前を行き過ぎる特攻機たちをじっと見つめていたとき、耳慣れた声が聞こえてきた。

見ると、見送りには来ないと言っていたはずの百合が、少し離れた場所で、特攻機に向かって何か叫んでいた。

全ての機が飛び立つのを見送ったあと、百合に声をかけようと再びそちらへ目を向けると、彼女が気を失ったように倒れるのが見えた。

私は慌てて人混みをかき分け、百合のもとへと向かった。

でも、倒れたはずの場所に、彼女はいなかった。

周囲の人に行方を訊ねても、みんな、知らない、分からないと答えた。

百合はまるで幻のように消えてしまったのだ。

「千代ちゃん。あの手紙、よろしくね」

ふいにツルさんが言った。

佐久間さんの手紙のことだと、すぐに分かって、私はこくりと頷く。

あの日、姿を消した百合を、ツルさんと一緒に日が暮れるまで探し回ったあと、鶴屋食堂に戻った。そこで、ツルさんが前夜に特攻隊員たちから預かったという何通もの遺書の中から、一通の手紙が見つかった。

佐久間さんが百合に宛てて書いたものだった。

「私はもうこの年だし、百合ちゃんにまた会える日まで元気でいられるか分からないから、千代ちゃんに預かっておいてもらえると嬉しいんだけど……」

そう言われて、私は躊躇《ためらい》なく「任せてください」と受け取った。

一度だけ開封して中をあらためて、たしかに百合に宛てられたものだと確認したあとは、ずっとしまい込んでいる。

しっかりと封をして、綺麗な手帛紗で包んで、いただきもののお菓子の空箱に入れて、机の引き出しのいちばん奥に、大切に保管してある。

ちゃんと百合に届けられる日まで、汚れたり破れたり、失くしてしまったりしないように。

「いつか百合に会えたら、絶対に渡します」

でも、実は私は、百合にはもう二度と会えないような予感がしていた。

きっと彼女は今もどこかで元気に生きている、そう確信している。

ただ、それは、とてもとても遠い場所で、生きているうちには行けないくらいに遠く離れた場所で、だから、私と百合が再会できる日は、来ないような気がするのだ。

でも、世界はつながっている。

どんなに遠く離れていても、どんなに長い時間が経っても、世界は途切れることなく、つながっている。

だから、たとえ私自身が百合に会って手渡すことはできなくても、何か別の形で、誰か他の人の手を経て、いつかきっと彼女のもとへ届く日が来るはずだ。

その日まで、あの手紙は、大切にとっておく。

もしも私が年をとったり、病気になったりしたら、他の信頼できる誰かに引き継いで、どこか安全な場所で、大切に保管しておいてもらう。

そうやって人間は、見聞きしたことを語り継ぎ、未来に残しておくべきものを受け継いで、忘れてはいけない過去を継承していくのだ。

佐久間さんから百合への手紙とは別に、もうひとつ、大切にしまっているものがある。

それは、石丸さんが私に遺してくれた手紙だ。

たった一枚の紙、たった五文字だけの手紙。

『君に幸あれ』

戦地へ飛び立つ前日、涙をこらえながら別れの挨拶をした私に、そう書かれた紙切れを小さく折りたたみ、こっそりと手渡してくれた石丸さん。

私の手のひらに包み入れるように、そっと。

家に帰って、紙を開いて中を見て、私は泣き崩れた。

この身体の中にこんなにたくさんの水分が入っていたのかと驚くほど、涸れることなく涙が溢れた。

君に幸あれ。その文字には、まさに石丸さんそのものの、明るさと力強さが宿っていた。

ああ、そうだ。幸せにならなくてはいけない。

そう強く思った。

幸せを感じられる人間でいたい。

幸せを与えられる人間になりたい。

自分が幸せになるためには、周りのみんなも幸せでいなければならないだろう。

自分も周りも幸せでいるためには、この世界をまるごと幸せにしなくてはいけないだろう。

そんな途方もないことが、私にできるかは分からないけれど。

かたわらで眠る芳郎を見つめる。

戦争を知らない子どもたちが、どんどん生まれている。新しく眩しい命たち。

彼らには、私たちのような思いをさせたくない。

『これから世界は急激に変わっていくだろう。たぶん、想像もできないくらい早く、大きく変わっていく。新しい国に、新しい世界になるんだ』

終戦からしばらく経ったころ、お父さんが新聞を読みながら、難しい顔をして、でもどことなく希望に満ちた声で、そう言っていた。

新しい生活の中で、目まぐるしく変わっていく社会の中で、人々が過去を忘れていってしまうとしても、私は決して忘れないでいること。

この目で見たことを、この耳で聞いたことを、この身で経験したことを、この心で感じたことを、忘れてはいけないものを、大切に胸に抱き、語り継いでいくこと。

それが、私にできることの第一歩ではないかと思う。

だから私は、あの百合への手紙を、絶対に守る。

戦火に奪われ消えてしまった命と想いがあったことを、語り継いでいく。

そして、石丸さん。あなたのことも、私は決して忘れない。

いつかきっと、また会える日が来ると信じて。

ここではないどこかで、今ではないいつか、あなたではない誰か、私ではない誰かになっているかもしれないけれど、それでもいい。

きっと、あなたと、再会できる。

そのときは、あなたのことが好きですと、ためらいなく言える世の中であってほしい。

好きなものを、好きな人を、堂々と好きでいられる。

いつか、そんな時代になりますように。

*

「――じゃあ、私、戻りますね。お茶、ご馳走さまでした」

私は芳郎をおぶって、立ち止がった。

「話し相手をしてくれてありがとう。千代ちゃんも芳郎ちゃんも、身体に気をつけてね」

「はあい」

笑顔で手を振るツルさんに、また明日、と手を振って応える。

外に出ると、吹き過ぎる風にさっと頬を撫でられた。

思いのほか涼しい風だった。

太陽に熱された空気の中に、次の季節の気配がすでに滲んでいる。

もうすぐ夏が終わる。

そしてまた、夏が来る。

何度も何度も、新しい夏を迎えて、新しい命を迎えて、そのたびに私は、彼らを思い出すだろう。

あの夏に消えた、私の大切な人たち。
誰もが二度とあんな思いをしなくてすみますように。
この背中を温める柔らかい命が、まばゆい生を謳歌できますように。
祈りを込めて、夏の空を見上げる。

白百合

—寺岡みずき—

＊

「ただいまー」

玄関ドアを開けながらそう言うと、脇の部屋からおばあちゃんが「おかえり」と応える声が聞こえてきた。

以前は物置き兼物干し部屋として使われていた部屋だけれど、去年おばあちゃんが散歩中に転んで骨にひびが入って以来、治ってからも雨の日などは痛んで歩くのが大変そうなので、家族総出で部屋の入れ替えをしたのだった。

「おかえり、みずき」

それでもおばあちゃんは、私が帰宅すると、必ず部屋から出てきて迎えてくれる。

「もー、おばあちゃん、わざわざ出てこなくていいってば！　また転んだりしたら大変じゃん」

ああ、どうしてこんなきつい言い方になっちゃうんだろう。自分で自分にげんなりする。

最近の私はおかしい。いつも機嫌が悪くていらいらしているし、学校の先生や友達に対してはそんなことはないけれど、家族に対しては我ながらぞんざいでぶっきらぼうで、冷たい言い方をしてしまうことがある。

ちゃんと自覚しているのに、自力ではコントロールできなくて、そんな自分にまたいらいらする。

おばあちゃんに申し訳ないと思ったけれど、おばあちゃんは、あははと軽快に笑った。

「こうやって少しずつでも動かないと、どんどん足腰衰えて老け込んじゃいそうだからね。さ、みずき、荷物置いて着替えておいで。おやつ用意しとくから」

「だから、そんなことしなくていいってばー……」

ああ、また、こんな言い方。

「はいはい。手洗いうがいも忘れずにね」

それでもおばあちゃんは軽くあしらい、ゆっくりと台所に入っていった。

さすがだ。

私がちょっときつい言い方をしてしまうと、すぐにそれ以上の剣幕で言い返してくるお母さんとは全然違う。これが経験値の差か。

一度、気持ちが落ち着いたときに、おばあちゃんに『最近嫌な言い方しちゃうことが多くてごめんね』と謝ったら、

『十四歳なんて思春期まっただ中でしょ、小生意気になって当然よ』

なんて笑い飛ばされてしまった。

おばあちゃんはもう七十歳を越え、高齢者と呼ばれる年だけれど、痛めた足をのぞけばまだまだ元気で、さばさばしていて口も達者だ。

さすが戦中生まれ戦後育ちだな、なんてうちのお父さんはよく言っている。

戦時中生まれと言っても、生まれたのは終戦の前年で、もちろん戦争の記憶はないらしい。

私は部屋に通学リュックを置き、制服を脱いで部屋着に着替え、洗面所で手を洗いうがいをした。

居間のほうに向かう途中で、そうだったと思い出し、奥の仏間に引き返す。

去年畳を張り替えたので、ふすまを開けるとまだ、い草のいいにおいがする。

お仏壇の前のふかふかの座布団に座り、ろうそくに火を点し、線香に火をつける。

オレンジ色に燃えだした線香を香炉に置いて、手を合わせた。

うちのお仏壇には、写真がたくさん並んでいる。

二年前に亡くなったおじいちゃんの遺影のほかは、知らない人や、誰なのかはなんとなく知っているけれど会ったこともない、名前も分からないような人ばかりだ。私が生まれる前や、まだ小さかったころに亡くなった、親戚のお爺さんやお婆さん。

でも中には、若い人の写真や、赤ちゃんの写真もある。これはどれも白黒写真だ。

若い男の人は、軍服というのか、兵隊さんの服を着ている。おばあちゃんが生まれてすぐに戦死した、おばあちゃんの父親だという。つまり、私のひいおじいちゃんだ。

すごく優しそうな人だ。穏やかに細められた目の、少し垂れた目尻や、微笑んだ口許が、どことなくおばあちゃんに似ている。

おばあちゃんが物心つく前に戦争で死んでしまったから、おばあちゃんは実の父親の記憶もないという。

赤ちゃんの写真は、たしか、おじいちゃんのきょうだいだと聞いた。戦後すぐに生まれて、栄養失調で死んでしまったらしい。

こんなに若い人が戦争に行って亡くなったり、こんなに小さい子がお腹を空かせて亡くなってしまったのかと思うと、悲しくて苦しくなるから、私はいつもこのあたりの古い写真はなるべく視界に入れないようにしていた。


居間に入ったとき、ちょうど、ピンポン、とインターホンが鳴った。

画面を見ると、近所のお爺さんが映っている。

私は通話ボタンを押し、マイクに向かって「はーい、今行きます」と大きめの声で言った。

我ながら、外行きの声だなと思う。

小さいころは、お母さんが電話や対面で家族以外の人と話すときに声が変わるのを不思議に思っていたし、怒られている最中に電話がかかってきて急に穏やかな声で受け応えするのを聞いてむかっとしたりしていたけれど、私も中学生になってからは外行きの声を出すようになった。というか、勝手にそういう声になってしまう。

そんな自分に、またいらいらする。

玄関のドアを開けると、

「こんにちは。佳代《かよ》さんはおるかね」

お爺さんの挨拶に、こんにちは、と応えつつ、「呼んできますね」と台所に向かう。

「おばあちゃん、お客さん来たよ」

そう伝えると、流しで手を洗っていたおばあちゃんが振り返った。

「はいはい、今行くよ」

前掛けにぶら下げたタオルで手を拭きながら、おばあちゃんが廊下を歩いていく。

水を一杯飲んでから玄関のほうをちらりとのぞくと、ふたりは上がりかまちに腰かけていて、お爺さんが書類のようなものを見せながら、何やら話し合っている様子だった。

おばあちゃんは町内会の役員か何かをしているので、その関係だろう。

『おばあちゃんは足が悪いんだから、ほかの人にやってもらえばいいのに』

寄り合いや役員会が年に何度もあり、大変そうだったので、いつだったかそう言ってみたら、

『うちは古くから住んでるからね』

そんな答えとも言えない答えが返ってきた。

古くから住んでいたらどうなんだろう。大人の社会はよく分からない。

うちはいちおう『寺岡の本家』ということらしく、親戚からは『本家さん』と呼ばれていて、うちはほかの家のことを『分家さん』と呼んでいる。

本家分家などと言うと、昔の映画なんかに出てくる田舎の大金持ちの一族のみたいなイメージがあるかもしれない。でも、寺岡家の場合は別に上下関係などはなく、ただうちは長男の筋であるというだけで、『分家さん』は巣立っていって

独立した兄弟たちの筋ということで、実際には普通の親戚付き合いだ。残念ながらもちろんお金持ちでもなんでもない。

戦死したひいおじいちゃん、つまりおばあちゃんの父親は長男だった。その子どもはおばあちゃんだけだったので、おじいちゃんは寺岡家にお婿に入った。おじいちゃんとおばあちゃんの間に生まれた長男が私のお父さんというわけだ。

ちなみに私はふたり兄妹で、五つ上の兄がいる。お兄ちゃんは長男なので親戚一同から『本家の跡継ぎ』と言われて育ったけれど、本人にはそんなつもりは一切ないようで、高校卒業と同時に『伝説のミュージシャンに、俺はなる！』とギターを抱えて上京した。ギターを弾いているところなんてほとんど見たことがないのに。つまり、ちゃらんぽらんなのだ。

鼻唄を歌いながら家を出ていく兄を見送ったあと私は、

『これって、もしかして、将来は私がお家存続のためにお婿さんを取らなきゃいけない的な流れ？』

なんて戦々恐々としていたけれど、

『何言ってんの。このご時世に、そんな古くさいこと言わないよ』

と、おばあちゃんがいつものように笑い飛ばしてくれた。

『春樹《はるき》もみずきも、好きに生きればいいんだよ。好きに生きて、もし一緒になりたい人がいれば一緒になればいい。そういう時代でしょう、今は』

おばあちゃんは少し遠い目をして言った。

＊

「はあ……、あっつ」

居間のちゃぶ台の前に腰を落としつつ、思わずぼやいた。

畳がぬるい、座布団もぬるい。

耐えかねて、エアコンに加えて扇風機も回した。

「あ〜〜、ワレワレハ……」

扇風機の風を顔面に浴びながら、宇宙人の声真似をして遊ぶ。

すぐにはっと我に返り、こんなことしてる場合じゃない、と座り直した。

夜は観たいドラマがあるから、宿題をさっさと片づけてしまわないと。

ちゃぶ台の上にプリントを広げる。

『もう中学生なんだから、勉強は自分の部屋でやりなさいよ』

たまにお母さんが呆れたように言うけれど、私の部屋は二階にあり、夏はひどく蒸し暑いのだ。

それに、部屋にひとりだとどうしても気が散ってスマホで動画を見たり漫画を読んだりしてしまい集中できないので、家族の目があるところで勉強するほうが効率がいい。

とはいえ、いくら扇風機から風が送られてきても、空気のぬるさは変わらない。

「あー、暑い。早く秋になってほしい……」

うちは昔ながらの古い家だから、エアコンをつけても効きが悪く、冬は寒くて夏は暑い。

保育園や小学生のころは、友達のおうちに遊びに行っては、新しくて綺麗で、冬は暖かくて夏は涼しい家が羨ましかった。

今はもううちはこういう家だから仕方がないと割りきれるけれど。

「あら、もう宿題やってるの。偉いねえ」

いつの間に話を終えたのか、おばあちゃんが玄関から戻ってきた。

何十年も前からぶら下がっているであろう玉すだれの向こうで、台所に立ってかちゃかちゃと音を立てている。

おばあちゃんは、グラスになみなみと注がれた麦茶と、一口サイズに切り分けた水ようかんをお盆にのせ、玉すだれをくぐる。

「なんの勉強をしてるの」

「これ？　なんか、平和学習?的なやつ。読んで感想書くみたいな」

「そうなの……。ちょっと見てもいい？」

「いいよ」

おばあちゃんが私の手もとを覗き込む。

数秒後、はっと息をのんだのが分かった。

私は驚いて何事かとおばあちゃんの顔を見る。

おばあちゃんは大きく目を見開き、プリントをじっと見つめていた。

「特攻……清武隊《せいぶたい》……櫻田《さくらだ》……」

プリントに書かれた文字を、おばあちゃんがかすれた声で読み上げる。

「どうしたの……？」

訊ねた私の声は、小さかったせいか、おばあちゃんの耳には届かなかったようだった。

私もおばあちゃんと同じようにプリントに目を落とす。

これは、来週中学校で行われる講演の事前学習のためのプリントだった。

講演で話をする人の紹介がまず書かれている。

優しそうな微笑みを浮かべたお爺さんの写真と、その下には、

『特攻隊の生き残り　板倉和久《かずひさ》さん』

という文字。

さらに、板倉さんの経歴が書かれている。

『大空を自由に飛び回るパイロットに憧れ、十五歳で陸軍飛行学校に入学。各地で訓練を受けた後、特別攻撃隊「第六十四清武隊」に入隊。命令を受けて櫻田飛行場から出撃を目前に、病気が見つかり特攻を断念した。戦争を知らない世代に当時の体験を伝えようと、特攻資料館の設立に尽力し、現在は全国各地の学校などで精力的に講演活動を行っている』

おばあちゃんは、『特攻隊』、『第六十四清武隊』、『櫻田飛行場』という部分を、何度も何度も指でなぞっている。

「おばあちゃん……？　大丈夫？」

「ええ、えええ……」

おばあちゃんは頷きながらも、手を口に当て、どこか苦しそうな表情を浮かべていた。

それからおもむろに立ち上がり、廊下へ出た。私も後を追うと、おばあちゃんは仏間へ入っていった。

そして、軍服を着たひいおじいちゃんの遺影が入った写真立てに手を合わせて拝んでから、そっと中を開く。

古い写真を裏返すと、そこには、

『寺岡昌治郎《しょうじろう》　享年三十　昭和二十年七月　戦死』

と書かれていた。そして、写真と一緒におさめられた紙には、

『第六十四清武隊　櫻田特攻基地にて』

という文字があった。

「え……っ、これって……」

私は驚きに目を瞠《みは》る。

ひいおじいちゃんが戦死したというのは聞いたことがあったけれど、特攻隊だったなんて知らなかった。

それに、ここに書いてあることが間違いないのなら、さっきのプリントにあった『板倉さん』と同じ部隊、同じ基地にいたということになる。

「もしかして……」

おばあちゃんは、ゆっくりと頷いた。

「……こんなことがあるのねえ。不思議なご縁だね……」

おばあちゃんの目に、光るものがあった。

おばあちゃんが以前、戦死した父親の記憶がないと寂しそうに言っていたのを思い返す。

「……この写真、撮ってもいい？」

私は携帯電話をズボンのポケットから取り出した。

おばあちゃんがまたこくりと頷く。

携帯電話のカメラ越しでも、ひいおじいちゃんはやっぱり優しく穏やかな表情をしていた。

＊

翌週、予定どおり平和講演が行われることになった。

私にとっては、もともとは言われるがままに参加する、さして関心もない行事だった。

でも、今は違う。

『二年生からひとりかふたり、講演してくださる方に生徒を代表して挨拶してくれる、挨拶係の生徒を募集します。誰か希望者はいますか』

先週の月曜日、学年集会で学年主任の先生がそう言ったとき、誰も手を挙げなかった。もちろん私も挙げなかった。

『講演者の方にお茶を出したり、応接室で少し話をするだけなんだけど、誰かいませんか』

話をするだけって言われても、知らないお爺さんとなんの話をすればいいか分からないし。そう思っていた。

でも、おばあちゃんがあのプリントを見て反応し、ひいおじいちゃんの写真を一緒に見た翌日、私は初めて自ら職員室に行った。

そして、学年主任の浜田《はまだ》先生に、

『講演会の挨拶係って、もう決まりましたか。まだ決まってないなら私、やりたいです』

と告げた。

『まだ決まってないよ。やってもらえる?』

『よかった。やります』

私は今まで、こういう行事での生徒代表どころか、クラスの学級委員やグループ活動の班長などにも一度も立候補したことがなかった。

それを知っている先生たちにとってはかなりの驚きだっただろうし、近くで聞いていた担任の近藤《こんどう》先生も、

『えっ、寺岡？　どういう風の吹きまわしだ？』

と目を丸くしていた。

私自身も、自分にこんな行動力があったなんて、心底びっくりだった。明確な目的があれば、普段は絶対にやらないようなことでも、できてしまうものなのだ。

『実は、私のおばあちゃんのお父さんが、特攻隊だったらしいんです。それで、板倉さんの経歴を見たら、同じ部隊だったみたいで、知り合いかもしれないって』

『へえ！　そうなのか。すごい偶然だな』

近藤先生はさらに目を丸くした。

『ひいおじいちゃんは、おばあちゃんが物心つく前に亡くなったみたいで。全然記憶がないって言ってたので、もしかしたら板倉さんから、ひいおじいちゃんの話が聞けたりしないかなって……』

『なるほど、そういうことか』

『寺岡、おばあさん思いだな』

『そういうわけでもないんですけど……。おばあちゃんとは同居してて、両親が共働きなので、小さいころからずっと面倒見てもらってたんで、少しでも何か力になれないかなって』

近藤先生も浜田先生も、そうかそうかとうなずきながら、挨拶係の役割を説明してくれた。

そして、今日がその当日だ。

講演は六時間目の予定で、五時間目は学活だった。ほかの生徒たちは自習時間になっていたけれど、挨拶係の私はひとり教室を出て、校長室に向かった。

まずは校長室で少し説明を受けて、学年主任の浜田先生が持ってきたお茶を受け取る。

途端に、とてつもない緊張が走った。

そういえば、会ったこともない目上の人にお茶を出すなんて、生まれて初めてのことだった。親戚のおじさんおばさんに麦茶を渡すのとはわけが違う。相手は学校のお客様だ。

もしもこぼしたりしてしまったらどうしよう。板倉さんの服を濡らしてしまったらどうしよう。

緊張と不安で、異様なくらい心臓がどきどきして、手が震えだした。

お盆が小刻みに揺れ、湯呑みも揺れてかたかたと音を立てる。

それを先生たちに悟られたくなくて、私はすぐに踵を返し、校長室に隣接する応接室に向かって歩きだした。
浜田先生がドアを開けてくれる。
私は深く頭を下げた。
「失礼します」
声が情けないくらい震えている。
緊張のあまり顔をあげられない。
とにかく、お茶をこぼさないというミッションに全力を注ぐことにした。
床をこするように足を動かしてじりじりと歩き、ソファの前で足を止めた。
両手で支えていたお盆から、右手を外す。
左手にずしりと重力がかかる。こぼさないように、こぼさないように。
右手で湯呑みののった茶托を持ち上げる。湯呑みが震えるように揺れる。
かたかた音を立てながら、なんとかテーブルの上に置くと、
「ありがとう」

優しい声がそう言った。

ぱっと顔を上げて、声の主を見る。

プリントにのっていた写真そのままの、優しそうなお爺さんが、にこやかな表情で私を見つめていた。

「いただきます」

しわくちゃの手が、湯呑みを手に取る。

板倉さんが一口お茶を飲み、湯呑みを茶托の上に戻した瞬間、私は「あの！」と声を上げた。

「はい、なんでしょう」

板倉さんが、深い笑いじわの刻まれた目尻に、さらにしわを寄せるようにして微笑む。

「……訊き、あっ、うかがいたいことがあるんですけど、いいですか」

「はい、もちろん」

「あの、写真を、見ていただきたいんですけど」

「ん？　どれですか」

私は、一枚の紙を取り出した。お仏壇の遺影を携帯電話のカメラで撮影し、それをプリントアウトしたものだ。

「どれどれ……」

板倉さんは胸ポケットから老眼鏡を取り出し、私が手渡した写真を見つめる。

「……これは」

すぐに、笑顔が消えた。

驚いたような顔で、私を見上げる。

「この写真は……君の？」

「はい。ひいおじいさんです」

「なんと……！」

板倉さんが再び写真に目を落とした。

「寺岡さん……」
やっぱり、そうだったんだ。
板倉さんは、ひいおじいちゃんの知り合いだった。
よし、やった。がんばったかいがあった。
これでひいおじいちゃんの話を聞ける。おばあちゃんに喜んでもらえる。
『私のひいおじいさんは、どんな人だったんですか』
意気揚々とそう訊ねようとした私は、板倉さんの顔を見た途端、言葉を失った。
板倉さんは、泣いていた。
ぼろぼろと涙を流しながら、写真を見ていた。
うう、うう、と嗚咽《おえつ》が聞こえてくる。
私は唖然として、立ち尽くした。
大人がこんなふうに泣く姿は、見たことがなかった。
事態に気づいた先生たちが、慌てた様子近寄ってくる。

「板倉さん、どうなさいました」

「大丈夫ですか。どこか痛みますか」

「具合が悪いですか、救急車を呼びましょうか」

「いえ、いえ、大丈夫です」

板倉さんは首を横に振り片手を挙げながら、涙声でそう言った。

「少し、驚いてしまっただけです。ご心配には及びません」

「ごめんなさい……驚かせてしまって」

やっと我に返った私は、慌てて謝った。

なんの前置きもせずに、写真を見せてしまった。板倉さんからしたら、特攻隊にいたころのことは、思い出したくもない苦しい経験かもしれないのに。

「いや、君が悪いんじゃないんだ。悪いのは、私なんです」

「え……?」

板倉さんは、ひいおじいちゃんの写真を拝むように顔の前にかかげ、

「すみませんでした……すみませんでした……」

と何度も謝った。

嗚咽をもらして泣きながら謝りつづけ、しばらくすると、板倉さんはゆっくりと顔を上げた。

「……今日の講演で、とても、とても大事な話をします。これまで誰にも話していない……話せなかった、でもいつか話さなければならないと思っていたことを、話します。どうか、君に、しっかりと聞き届けてほしい」

「…………」

わけが分からず返答に困って立ちすくむ私に、板倉さんは立ち上がって、深々と頭を下げた。

「よろしくお願いします」

＊

「――私は、罪を犯しました」

板倉さんの講演は、そんな言葉で始まった。

体育館に集まった生徒たちは、その蒸し暑さにげんなりして、開会宣言をする司会の先生の話は、うつむきがちに聞いていた。

でも、板倉さんが重々しく口を開いた途端に、みんな怪訝そうな表情で、顔を上げた。

「……ツミ？　あの人、罪を犯したって言った？」

「そう聞こえたよね……」

誰かがひそひそと話している。

私はまっすぐに前を向き、板倉さんに視線を注いでいた。

「良くしてくれた仲間を裏切り、嘘を吐かせ、自分だけが特攻から生き延びた。私は罪深い人間です」

生徒たちの私語がやんだ。

雰囲気に呑まれたように、みんな前を向いて壇上を見ている。

「私は子どものころ、立派な軍国少年でした。生まれたころから、日本はずっとどこかと戦争をしていました。新聞やラジオから流れてくる、遠い海の向こうの戦況に一喜一憂し、日本軍が勝ったと聞けば旗を振って喜んだ。飛行機乗りに憧れ、十五で自ら陸軍の学校に入りました。一刻も早く立派な軍人になりたくて、必死に勉強しました。操縦士になれたら、憎き鬼畜米英をたくさん殺してやる、自分の命と引き換えにしてでも殺してやる、と息巻いていました」

「…………」

体育館は、水を打ったように静まり返っていた。

想像もできない価値観。まったく理解できない考え方。

たったの七十年前、日本は、そんな国だったのか。

「でも、いざ特攻を命じられたら、死ぬのが怖くなった。何より生きたかった。まだ十七でした。これから先いくらも寿命が残っているはずなのに、戦争を始めたのも戦争を続けているのも国なのに、なんで自分たちが若い命を散らさねばならないのか……考えれば考えるほど嫌になった」

板倉さんは悔しそうに顔を歪めた。

「だから、私は、逃げました」

生徒たちが、少しざわついた。

逃げた、という言葉に反応したのだ。

私も驚いていた。だって、プリントの紹介文には、病気が見つかり特攻を断念、と書いてあったのだ。

それは間違いだったということなのだろうか。

「病気で特攻を免れたということになっていますが、それは嘘です。私は、生きるために、逃げました」

私は思わず、胸ポケットに入れたひいおじいちゃんの写真に、そっと手を当てた。

板倉さんが、ふうっと深く息を吐いた。

「あのままあそこにいたら死ぬ道しかなかったから、それが嫌で、私は逃げた。今の考えでは、おかしなことではないと思われるでしょう。でも当時の日本では、兵隊が命令に逆らい逃げるというのは、許されない罪でした。当然、私が逃亡しようとしていることを悟った仲間からは、非国民、恥さらしと罵られました。当たり前の言葉でした」

仲間というのは、ひいおじいちゃんのことだろうか。あの優しそうな人が、板倉さんを罵った？　考えられなかった。でも、当時は、そういうものだったのかもしれない。

「それでも仲間たちは最後には私を見逃してくれた。そして、『板倉は病気になって出撃できない』というような嘘をついてくれたのでしょう。それは私を庇うためでもあったでしょうが、彼ら自身や彼らの親族を、連帯責任から守るためでもあったはずです。……そういう時代だった、としか言いようがありません」

隣に座っている男子が、ごくりと唾を飲み込む音が聞こえた。

もしも当時の日本だったら、ここにいる男子の大勢が、戦争に行っていたかもしれない。ふいにそんな思いが浮かんで、背筋が寒くなった。

それだけではない。食べるものがなくて小さいうちに飢え死にしてしまっていたかもしれないし、空襲で町が焼かれて、住むところも着るものも失ったり、命を失ったりしていたかもしれない。

戦争というのは、そういうことだ。

「私は、彼らに生かされました。そうでなければ、とっくの昔に死んでいたはずです。結婚して子どもが生まれることも、こうやって皆さんの前に立って話すこともなかった……」

板倉さんが、噛み締めるように言った。

ひいおじいちゃんは、板倉さんを守ったのだろうと思った。当時のひいおじいちゃんから見れば、まだ十七歳だった板倉さんは年の離れた弟みたいなものだったはずだ。

そんな可愛い弟のような存在を、死なせたくなかったんじゃないか。そういう気がした。

ねえ、ひいおじいちゃん、きっとそうでしょう?

胸ポケットに手を当て、心の中で語りかけた。

でも、板倉さんにとっては、仲間に嘘をつかせて自分だけ生き残ったと感じただろう。その罪悪感に、何十年も苦しみつづけてきたのだろう。

板倉さんの表情や声色から、それは痛いほどに伝わってきた。

「私が知っている特攻隊の仲間たちは、みんな、本当に優秀なパイロットで、しかも優れた人格者だった。でも、ほとんどが死んだ。死ぬしかなかった。国に殺されたようなもんです。あんな素晴らしい人たちを、国は捨て駒のように扱い、大勢死なせたんです」

苦しそうに顔が、声が歪む。

「あんなことを、繰り返しちゃいかんのです。だから私は、こうやって、老いた身体に鞭打って、日本全国を駆けずり回って、君たちのような若い人たちに話を聞いてもらうんです」

必死な声が語りかけてくる。

体育館の床で膝を抱えて座る私たちの上に、しんしんと降り注ぐように。

「未来を作るのはみなさんです。平和がどれほど尊いものか、どうか、どうか、その胸に刻んでください」

あんなことはもう二度と起こしちゃいけない。

絶対にいけない。

板倉さんは、何度も何度も、そう繰り返した。

＊

あれから十年。

私は今、大学院で歴史を学ぶかたわら、特攻資料館で来館者案内や資料整理のボランティアをしている。

ここには、板倉さんの紹介パネルや、ひいおじいちゃんの遺書や写真も展示されている。

板倉さんは、あの講演の二年後に、老衰で亡くなった。

この資料館の設立には、板倉さんも関わっていたのだという。全国の特攻隊員の故郷に足を運び、遺族に頼み込んで彼らの遺書や遺品や遺影を預かってきて、集めたそれらを戦死者の名簿や記録と照らし合わせ、資料館で展示できるように整理したらしい。

その多大なる功績をたたえて、板倉さんの写真と紹介文が飾られていた。

今でもこの資料館には、国内外からたくさんの人が訪れ、特攻隊の真実を見つめている。

伝えたい、語り継ぎたい、という板倉さんの思いが、亡くなったあとも連綿と引き継がれている。

時間が空いたとき、私はいつも、ひいおじいちゃんがおばあちゃんに宛てて書いた手紙の前に立つ。

『カヨチャンへ』

優しく呼び掛けるように始まる、カタカナだけで書かれた手紙だ。

『オオキクナッタラ　ヨンデクダサイ』

初めの一文から、切なさが込み上げてくる。どれだけ娘に会いたかっただろう。その腕に抱きたかっただろう。成長していく姿を見守りたかっただろう。

その悔しさに思いを馳せては、私もこの歴史を継承するひとりにならねば、と強く思う。

遺品展示室の隣には、資料館設立の経緯が記録されたコーナーがある。

設立までには、いくつもの困難があり、本当に多くの人が関わっている。その中心的な人物のひとりが、ツルさんという女性だ。

特攻基地のひとつである櫻田飛行場の近くにあった陸軍指定食堂のおかみさんで、板倉さんもひいおじいちゃんもお世話になったという。

ツルさんは、何百人もの特攻隊の若者たちと交流し、彼らを見送った。

終戦後も毎日、基地の跡地に赴き、花を手向け手を合わせ、若くして命を散らした彼らの冥福を祈りつづけたという。

そして、彼らのような人を二度と出してはいけない、戦争の惨さと平和の尊さが忘れられないよう伝えていかなければならない、という思いから、食堂で働いていた千代さんという女性や板倉さんと共に、特攻資料館設立のために奔走した。

ツルさんと千代さんと特攻隊の人たちが、鶴屋食堂の前で撮った写真が今も残っていて、資料館に展示されている。

その中に、ひいおじいちゃんと板倉さんも映っている。

あともうひとり、当時の千代さんと同じ年ごろの少女も。

彼女については資料が残っておらず、詳しいことが分かっていないらしい。

でも、佐久間さんという精悍な顔つきの隊員に柔らかく肩を抱かれ、どことなく恥ずかしそうな表情をしている様子は、なんだか微笑ましかった。

寄り添うふたりのかたわらには、真っ白な百合の花が飾られている。

もしかしたらこのふたりは、想い合っていたのかもしれない。

でも、きっと、結ばれることはなかった。もしかしたら、想いを伝え合うことすらできなかったかもしれない。

そんな悲しいことが、もう二度と起こらないように。

世界のどこかで今も起こっている悲劇が、一刻も早く終わるように。

私は日々、自分にできることを模索している。

流星群

—三井流星—

＊

「うるせえ、ババア！」

言った瞬間、心の靄《もや》が晴れたようにすっきりした。

でもその直後、うわあ言っちゃった、と思った。

なんとなく、以前から、『ババア』はさすがに言っちゃダメだろ、という気がしていた。

だから、心の中では正直、『マジうぜー、黙れよクソババア』くらいの暴言は毎日のように吐いていたけれど、さすがに口には出さずにいたのだ。

それを、とうとう、言ってしまった。

すっきりしたけど、なんともいえない感情も込み上げてくる。

俺はうつむきがちに踵を返し、どすどす音を立てて階段を駆け上がった。

背後の廊下にまだ立っているであろうハハオヤが今どんな顔をしているのか、気にはなったものの、振り返れるわけもなかった。


自室に入り、制服のままベッドにダイブする。

ハハオヤが見たら血相を変えて文句を言うだろう。

「はああ〜〜……だるっ……」

想像だけで、どっと疲れる。

べつに外出着のままベッドに寝転がったっていいじゃないか。そりゃあ砂やら泥やらちょっと付いてて不衛生といえば不衛生だろうけど、それで病気になるわけでも、まして命を落とすわけでもあるまいし。行儀が悪いだのなんだの、自分しか使わない部屋なのに、なんの問題がある？

なんでハハオヤって、子どもの顔を見るたびに小言を言ってくるんだろう？

子どもを叱るのが親の仕事と思ってるのか？

叱っていればちゃんと躾をしている気になれるのかもしれないけど、いちいち文句を言われるこっちの身にもなってみてほしい。

さっきだって、帰宅早々洗濯物がどうのこうのとうだうだ言われて、俺のイライラがピークに達したせいで、ババアなんて言ってしまったのだ。

朝から授業を受けて、夜まで部活で走り回って、やっと家に帰ってきたというのに、顔を見ればすぐ小言のオンパレード。

『手洗いうがいは？』

『早く着替えなさい』

『泥だらけの練習着はかごに直接入れないでって言ってるでしょ。何度言ったら分かるの？』

『ごろごろしてないでさっさと宿題すませちゃいなさいよ』

『こら、食事中にテーブルに肘を付かない！　何回言わせるの！』

『あんたは暇さえあればゲームしてるか動画見てるかね』
『歯磨きは？　お風呂は？　そろそろ寝なさい』
『体操服出した？』
『給食着は？』
『弁当箱は？』
『水筒は？』
あーもう、うるさい、うるさい。
口を開けば、文句ばっかり。しかも毎日毎日同じようなことばっかり。
言われなくても分かってるんだよ。分かってても面倒なんだよ。
俺だって疲れてるんだよ。ちょっとくらいだらだらさせてくれよ。
口には出さない不平不満が、沸騰して煮えたぎるお湯みたいに、ぼこぼこと噴出する。
ああ、イライラする。

最近ずっと、毎日イライラしている。

学校に行って友達とバカ話をしているときは気が紛れるけれど、偉そうな先生が偉そうに何か言ってきたり、家に帰ってきてオヤの顔を見たりすると、とたんにイライラが沸きあがって、どうしようもなくなる。

……ああ、もう、なんにもしたくねえ〜……。

気がついたら、うとうとしてしまっていたらしい。

「こらーっ、流星《りゅうせい》！」

そんな叫び声で、唐突に眠りの世界から引きずり出された。

「何回呼ばせるのよもう！　どうせまたうたた寝してるんでしょ！　夜寝れなくなるわよ、起きなさい！」

階下からハハオヤが叫んでいるのだ。

はいとかうんとか分かったとか素直な返事はする気になれなくて、でもとりあえず返事をしておかないといつまでも叫ばれそうなので、

「あー!!」

と返事とも呼べないような声を出した。自分でもびっくりするくらい低いだみ声だった。

「あーって何よ！　ごーはーん!!　ごはんできたから早く降りてきなさい!!」

うるせえ……。そんな隣近所まで響き渡るようなボリュームで怒鳴らなくたっていいじゃないか。

「あー!!」

俺は不満に任せて、さっきよりもさらに低く嗄《か》れた声で叫び返した。

＊

「マジうぜーマジうぜーマジうぜー……」

学校からの帰り道。口から呪いのように流れ出る言葉が止まらない。

今日はいつにも増してイライラしていた。

五時間目の休み時間、教室移動で数人の友達とだべりながら歩いていたら、そのうちのひとりが、「隙あり」とかなんとか言っていきなり俺の持っていた筆箱を奪った。

「は？　なんだよ、返せよ」

俺は笑って手を差し出したけれど、そいつはふざけて筆箱を軽く放り投げた。

「……おいっ、何すんだよ」

俺は半笑いでキャッチした。

すると、隣にいたやつが、同じように俺の筆箱をばっと取り上げ、宙に放るように投げた。

今度はほかのやつがキャッチした。

そこから、キャッチボールみたいに俺の筆箱が宙を飛び交いはじめた。

俺はひきつった笑いを浮かべて、「マジやめろよ」などと言いながら、なんとか空中でキャッチしようと数回ジャンプした。それが面白かったのか、みんなは爆笑しながら、さらに投げ合う速度と高度を上げた。

我慢できなくなった。学校にいる間はゼロに近いはずのイライラメーターが爆上がりして、こらえきれないくらいの怒りが込み上げてきた。

「うっざ!!」

本能的に表情にほんのひとかけらだけの笑みを残して、でも心はガチギレ状態で、そう叫んだ。俺は筆箱を取り戻すことを諦め、すたすたと歩き出した。

あいつらは、そこで急に騒ぐのをやめ、ほんの一瞬、お互いの顔色をうかがうようなそぶりを見せた。

「……白けるわ～」

誰かがそう言った。

俺に矢印が向いた瞬間だった。

「それな」

誰かがそう言った。

俺が悪者に決まった瞬間だった。

そこから一気に流れは決まった。流れとは、こういう感じだ。

「ほんとそれ。空気読めよな」

「冗談つうじねーやつ」

「ちょっとふざけただけなのにガチギレとか笑う」

「まあでもあいつ、ちょっとそういうとこあるよな」

「分かる。そういうとこある」

は？？？　なんだそれ、なんで俺が悪いみたいになってんだよ。俺なんもしてないのに筆箱投げられてただの被害者じゃん。なんで俺が空気読めないとか冗談通じないとか言われなきゃなんねーの？

言葉にならない、口にも出せない、どす黒い感情に呑み込まれそうだった。

心の中では、廊下の窓ガラス一枚一枚全部割って、そのへんのロッカーの中の荷物全部ぐちゃぐちゃに荒らして、全教室の机と椅子を蹴りまくってめちゃくちゃにしていた。もちろんそんなこと実際にはしないけど。

それくらい、ムカついていた。

「しょうがねーなー、返してやるよ」

そう言って筆箱は返されたけど、俺も苦笑いで受け取ってやったけど、そのまみんなで教室移動したけど、本当は全員殴りたいくらいイライラしていた。

イライラをなんとか抑え込み、六時間目の授業と帰りの会をやり過ごした。

明日は遠足なので、準備のために今日は部活は休みだった。

だから、イライラしたまま下校している。

ひとりで歩いていると、抑え込む必要のなくなったイライラが爆発的に膨れ上がってきた。

何がこんなに腹立たしいのか、よく分からない。

筆箱を奪《と》られたこと？

筆箱を投げられたこと？

みんなの楽しみのネタにされたこと？

ネタにしてもいいやつだと思われたこと？

自分たちが悪いのに、白けたのは俺のせいみたいな空気にされたこと？

分からない。

とにかく、何もかも、イライラする。

「マジうぜーマジうぜーマジうぜー……」

ぎゃはぎゃは笑いながら筆箱を投げ回していたやつらの顔が、消そうとしても浮かんでくる。

「……ねしねしねしねしねしねしね……」

＊

「シネシネシネシネシネシネ……」

早々に家に帰っても、宿題なんかやる気になるはずなく、ストレスを発散したくて、昔よくやっていたシューティングゲームを始めた。

「シネシネシネシネシネシネ……」

「シネシネシネシネシネシネ……」

「シネシネシネシネシネシネ……」

敵が出てくるたびに、呪いの言葉を垂れ流しながら、何も考えずに爆撃ボタンを超高速連打する。指の感覚がなくなるくらいに。

「シネシネシネシネシネシネ……」

爆発しろ。バラバラに飛び散れ。

全部、全部、消えてしまえ。

ガチャッと音がして、すぐ後ろのリビングのドアが開いた。

完全にゲームの世界に入り込んでいたから、跳びはねそうなくらいビビった。

ハハオヤが買い物から帰ってきたのだ。

うわ、最悪だ。くだらない小言を言われないようにハハオヤが帰ってくる前にゲームを消しておこう、外の駐車場に車が停まる音がしたらすぐ消そう、と思っていたのに、気づくのが遅れた。

「ちょっと、またゲームやってんの!? 明日の遠足の準備は!? リュック出した? 雨具は!?」

ほらな、予想通り。

「わーってるよ！」

俺は苛立ちに任せてゲームのコントローラを放り出す。

「お母さん忙しいんだから、自分でやりなさいよ!?」

「いちいちうるっせえなあ！ ちょっと黙っとけよクソババア！」

気がついたら、息をするようにそう叫んでいた。

やべっ。心の中で舌打ちをする。

クソババアはさすがにやばすぎるだろ。絶対めんどくせえことになる。

「……クソババア～～……!?」

案の定、ハハオヤは顔を真っ赤にして鬼の形相になった。

「流星！　あんたねえ、朝晩ご飯作ってもらって、汚れた服洗濯してもらって、部屋の掃除してもらって、何もかも面倒見てもらってるクソガキのくせに、何よその言い種は！　自分ひとりで大きくなったみたいな顔してんじゃないわよ!!」

すごい剣幕だった。

普段から口うるさいハハオヤだが、キレるとガチでヤバいハハオヤなのだ。

もちろん、俺に非があることは分かっている。

分かっているからこそ、言われると頭に血が昇る。

「恩着せがましいんだよ！　そんなに面倒見るのが嫌なら生まなけりゃよかった

だろうが！」

そんなこと思ったこともないはずなのに、まるでいつも思ってるかのように、すらすらと言葉が出てきた。誰かが乗り移ったみたいだ。

ハハオヤは目を見開き、口をぱくぱくさせている。

その顔が、ムカついた。

ムカついて、ムカついて、どうしようもない。

頭が真っ赤で真っ黒で真っ白で、何も考えられない。

俺は無言で立ち上がり、玄関に直行した。

とにかくこの場を離れたい、その一心だった。

「こんな時間にどこ行くの！　いい加減にしなさい!!」

ああもう、ほっといてくれりゃいいのに、なんで止めるんだよ。行かせろよ、行きたいんだよ。

なぜだか泣きたくなってきた。もう本当にわけが分からない。

泣きたい。でも、意地でも泣かない。

ここで涙なんか流したら一生の恥だ。

「俺がいないほうがいいんだろ⁉　俺が消えれば満足なんだろ⁉」

俺は玄関に突っ立って、下を向いたまま、拳を握りしめて、肩を怒らせて、そう叫んだ。

「…………」

また何かうるさくどやされるんだろうと覚悟をしていたのに、ハハオヤは、なぜか黙り込んだ。

不気味な沈黙。

振り向いてハハオヤの顔を確かめたいような、逆に絶対に見たくないような、ぐちゃぐちゃの気持ち。

「……それだけは、やめて。お願い……」

ぽつりと、ハハオヤがつぶやいた。

「……お願い。本当に。それだけは、やめて」

ぱんぱんに膨らんだ風船に、思いっきり針を突き立てられたような気がした。

興奮が一気に冷めていく。自分でもなんでかよく分からない。

俺はうつむいたまま、のろのろと踵を返し、廊下を戻って、二階へと続く階段に足を乗せた。


ベッドに倒れ込むように寝転がり、枕に顔を突っ伏する。

口からもれる火のように熱い息で、枕も俺の身体も燃えそうな気がした。

ハハオヤに怒っているのか、あるいは自分に怒っているのか、両方なのか、どちらも違うのか。

もうよく分からない。

自分の気持ちなのに、なんにも分からない。

心がぐちゃぐちゃだ。

*

遠足の行き先は隣の市で、最後に行くのは『特攻資料館』という戦争の博物館みたいなところだった。

今年で終戦何十年の特別な年だからとかで、例年とは違うコースになったらしい。

正直ハズレだ。もっと楽しいところがよかった。

博物館なんて絶対つまらないし、しかも戦争とか、暗くて気が滅入りそうだ。

学活や総合の時間に平和学習として色んなプリントやらビデオやらを見せられたけれど、内容は一ミリも覚えていない。

学年集会のときも先生が何か話していた気がするものの、俺は隣のやつとこっそり指相撲をしていたから全然聞いていなかった。

昨日の友達やハハオヤとのいさかいで、俺はかなり不機嫌を引きずっていて、今日はほとんど誰とも話さず、バスの中でもずっと寝たふりをしていた。

「流星のやつ、どうしたん」

「さあ、反抗期じゃね？」

「あー、思春期ですね〜」

からかうような声がどこかから聞こえてきて、それにもさらにイライラした。


初めに、遺品や遺書などが展示されている部屋に案内された。

そこに入った瞬間、周囲の空気が変わった気がした。

いつもはふざけてばかりの生徒も、おしゃべりばかりの生徒も、やんちゃで先生の言うことを聞かない生徒も、ふっと足を止め、口を閉ざし、動かなくなった。

俺も、何かに圧倒されたように、動けなかった。

壁一面にはられたモノクロの顔写真たちが、静かに俺を見下ろしている。

ガラスケースに入れられた手紙や日記、はちまきや日用品などから、言葉にできないような迫力が伝わってくる。

誰も、何も言えないまま、壁の写真や遺品をひとつずつじっと見ていた。

隣の部屋に移動する。

「それではこれから語り部さんによる講話を聞いてもらいます」

資料館のスタッフの人がそう言って、奥のほうに軽く会釈をした。

すると、控え室らしいドアから、ひとりのお婆さんが、ゆっくりと姿を現した。

「みなさん、初めまして。語り部をしております、中嶋千代と申します」

ゆったりと挨拶をしながら、丁寧に頭を下げた、
花柄のブラウスを着た、小柄なお婆さんだ。

よく見ると、胸のあたりには花の刺繍がついている。

「かわいいね」

後ろで女子の誰かが囁くように言い、「思った」と応える声もした。

数人、私語をしている声が聞こえる。

ひとりひとりはそれほど大きな声ではなくても、集まるとそれなりのざわめきになった。

なんとも言えない力が四方八方から迫ってくるようだった展示室を出たことで、みんな少しいつもの調子を取り戻したようだった。

「静かに」

厳しくて恐れられている体育教師が、短く鋭く発した声に、再び水を打ったように静まり返る。

中嶋さんが、ふうっと小さく息を吐いて、まっすぐに顔を上げ、俺たちを見回した。

「私は、終戦の年、十四歳の女学生でした」

十四歳。俺たちと同じ年だ。そのせいか、みんながなんとなく落ち着きを失くす。

「この近くにあった陸軍の飛行場で兵隊さんのお世話係をしたり、鶴屋食堂という陸軍指定食堂のお手伝いとして働いたりする中で、たくさんの特攻隊の皆さんとお会いし、……お見送りをしました」

お見送り、という言葉の意味を、一瞬考えて理解する。

それから中嶋さんは、出会った特攻隊員ひとりひとりの思い出を、丁寧に語っていった。

大学で哲学を学んでいたが、戦況悪化にともなって学徒出陣した人。聡明で穏やかな人だった。

元教師で、先に戦死した教え子たちを追うように征った人。熱血漢の日本男児だった。

年若い妻と、ついに会うこともできなかった幼い娘を残して特攻した人。包容力のあるリーダーだった。

特攻隊員になったものの、病気のため出撃できず生き残った人。末っ子として可愛がられていた。

「その方は、板倉さんとおっしゃる方です。彼は去年病気で倒れるまで、全国で講演をしたり、ここで私と同じように語り部をしていました」

資料館の人が、「この方です」と手で示したところには、優しそうなお爺さんの写真が飾ってあった。

そのすぐ隣に花が飾られ、『長年にわたるご尽力に感謝します』とメッセージが書かれている。なんとなく、亡くなったんだろうと思う。

中嶋さんの話は続く。

「板倉さんは、仲間たちと一緒に行かなかったこと、自分ひとりが生き延びたことで、戦後もずっと罪の意識に苦しんでいました。そして、死んでいった仲間たちのことを自分が後世に語り継がなくてはと、立ち上がりました。ここに展示されている遺書や遺品のほとんどは、板倉さんが戦後、仕事のかたわら全国の遺族のもとを回って、何年もかけて集めたものです」

俺たちは思わず振り返り、さっきまでいた展示室を見た。あれだけの数を、ひとりで。どれほど大変だっただろう。

特攻隊員の紹介が続く。

いつも朗らかに振る舞い、みんなを元気づけてくれた人。今で言うムードメーカー的な存在。

「石丸さん、とおっしゃる方でした。あの明るく優しい笑顔が、目に焼きついて離れません」

中嶋さんが、唇を閉じ、何度も瞬きをした。

涙をこらえているように見えた。

「今でも、彼らひとりひとりの姿を、忘れることはできません」

何十年も経つのに忘れられないなんて、すごいな。俺なんて去年のこともあんまり覚えていないのに。

俺の生活は毎日同じようなことの繰り返しだけど、当時の人たちは毎日の密度が濃かったのかなと思う。

「あなた方とそれほど歳の変わらない、十代後半から二十代前半までの隊員さんがほとんどでした。板倉さんは十七歳、石丸さんは二十歳でした」

みんながざわつく。

「え、若い……」

「マジかよ……」

十七歳って、うちの兄貴と一緒だ。昔よく遊んでくれたいとこの兄ちゃんは、たしか今年で二十。

兄貴やいとこが戦争に行き、しかも特攻隊になって死ぬ。そんな想像をして、なんとも言えない気持ちになった。

さらに、板倉さんは十五のときに軍隊の学校に入ったと聞いて、悪寒みたいなものを感じる。

もしも俺が来年、兵隊になれと言われたら。無理無理、絶対無理。

「若い彼らは、国のため、家族のため、愛する人のため、二度と帰らない空へと飛び立っていきました。……当時の私はまだ、あなたたちと同じ十四歳で、ただただ涙をこらえてお見送りすることしかできませんでした」

中嶋さんはまっすぐに前を向いたまま、静かに語る。

「どうして学校に行って勉強ができないの、どうしてあの人たちが死ななくてはならないの、どうして今から死ぬ人たちを『おめでとう』と送り出すの。……いつも疑問を抱いていましたが、口に出したことはありません。そんなことを口に出せる世の中ではありませんでした。たとえ幼い子どもだろうが、お国のためにならない言動をすれば、折檻されました」

ありえねー、と誰かが言う。俺も同感だった。

「言ってはいけないことと、言わなくてはいけないことが、今よりずっとはっきりしていたように思います。こういうときはこう言うべき、こう言うのはいけない、と厳重に決まっていて、それ以外の言葉を口に出すことはとうていできませんでした」

言ってはいけないこと、という言葉が、俺の心に重くのしかかる。

「今は、ほかの人が言わないことを言っても、命を奪われたりはしません。だから私は、これは伝えなくてはいけないと思うことは、できるだけたくさんの人に伝えようと思っています。この語り部活動もそのひとつです。私は年を取って、目も耳も悪くなり、足腰も弱くなってきましたが、身体が続くかぎりはここに立ちつづけて、ひとりでも多くの方に、あの方々の話を語り継がなければと思っています」

中嶋さんの澄んだ目が、俺たちひとりひとりをまっすぐに見据える。

「今日お話を聞いてくれたあなたがたが、彼らのことを忘れずに胸に刻み、時に思い出し、誰かに伝えて、広めてくれることを祈っています」

優しそうなお婆さんの眼差しなのに、なぜだか俺には、刺さりそうなくらいに鋭く感じた。

「あなたたちも、これは言わなくてはならないと信じたことを、口に出すことを恐れずにいてほしいのです。これからの未来を作っていくのは、あなたがたなのですから――」

*

資料館を出たあと、なんだか、全身の力が抜けたような気がした。

すごく気を張っていたのだと、そこでやっと自覚した。

疲れた。こんなに疲れる勉強は初めてだ。

そして、このところ自分の中にずっと蠢《うごめ》いていた何か――俺をイライラさせていたものも、いつの間にか俺の身体から抜け出して、どこかへ消えたような気がした。

家に帰ると、誰もいなかった。

高校生の兄貴は部活のあと電車で帰ってくるからいつも遅い。チチオヤは残業つづきでもっと遅い。

でも、いつもならハハオヤは帰っている時間なのに。

もしかして家出？　と思う。

俺が昨日、……ひどいことを言ったから。

めちゃくちゃキレてたしな。朝は一応いつも通りに見えたけど、そういえば言葉少なだった気もする。早く起きろとか早く着替えろとか早く顔を洗えとか早く食べろとか早く歯を磨けとか、いつもみたいな小言がなかった。

俺は薄暗いリビングの真ん中に、ぼんやりと立ち尽くした。

頭がうまく回らない。

特攻資料館で受けた衝撃が、まだ全く抜けていない。

ただ、俺が昨日ハハオヤにぶつけた言葉を思い返すと、居ても立ってもいられなくなった。

荷物を放り出し、玄関に向かって廊下を駆ける。

靴を履いてドアノブをつかもうとした瞬間、ドアが開いた。

「……お母さん！」

もう何カ月も口に出していなかった言葉が、口から飛び出した。

買い物袋を下げたお母さんが、びっくりしたように目を見開いて立っているけれど、俺自身もびっくりしている。

「流星……どうしたの？　どこか行くの？」

「いや……遅いなと思って……」

「ああ、ごめん。帰り道が工事で渋滞してて」

「あ、あー、そう……」

俺はすごすごと引き下がる。

お母さんは怪訝な表情で靴を脱ぎ、廊下に上がった。

買い物袋が重そうだったので、無言で奪った。ほとんど無意識だった。

「あら。ありがとう」

「別に……」

思いのほかずっしりと指に食い込む重さだった。

買ってきたものをお母さんが冷蔵庫や食品棚に片付けはじめたので、なんとなく流れで手伝う。

そういえば小さいころは、いつもこうやって何かと手伝っていたなと思う。

自分で言うのもなんだけど、俺はけっこう積極的に手伝いをするほうだった。

保育園の年長くらいから、皿を洗ったり、風呂掃除をしたり、洗濯物を取り込んでたたんだり、まあまあやっていた。

いつからだっけ、なんにもしなくなったのは。

小学校の四年生とか、五年生くらいか。

それまではよくスーパーの買い物などにもついて行っていたけど、お母さんと一緒にいるところを友達に見られるのが恥ずかしくなり、行かなくなった。

手伝いも、昔みたいに無邪気に「俺やるよ」と言えなくなった。いい子ぶって
いるみたいで恥ずかしく思えてきたのだ。

「……今日の遠足、どこ行ったんだっけ」

ぎこちない沈黙を打ち破るように、お母さんが訊ねてきた。

「あー、特攻資料館ってとこ」

ほかにも何カ所か回ったはずなのに、そこしか出てこなかった。

「ああ……行ったことないけど、聞いたことはある」

お母さんはそう応えた。

買い物の片付けが終わったところで、俺はリビングに放置していたリュックの
ところに戻り、中からパンフレットを取り出した。

ダイニングテーブルの椅子に座ったお母さんの前に、それを置く。

「こういう感じのとこだった」

「へえ……」

お母さんはパンフレットを開き、熱心に読みはじめた。

トイレで用を足して戻ってきた俺は、お母さんを見て絶句した。

お母さんは、特攻隊員たちの写真を見ながら、号泣していた。

嘘みたいにぼろぼろと涙を流し、仕事の鞄から取り出したハンカチで、目元をこすっている。

「特攻隊って、こんなに若い子たちだったのね……」

涙でぐちゃぐちゃの顔を上げて、俺を見る。

「自分の息子が、流星と大河《たいが》が戦争に行くなんて、考えただけでおかしくなる、怖い、吐きそう。無理無理無理、絶対無理」

大河というのは、兄貴の名前だ。

お母さんは再びパンフレットに目を落とした。

白黒写真の中で微笑む若者たち。今の俺たちからしたら考えられないくらい大人っぽくて凛々しく見えるけど、たしかによく見ると、骨格も輪郭も肌の感じも、やっぱりどう見ても俺たちと変わらない少年だった。

軍服に身を包んだ少年たちを、片道しか飛べない飛行機に乗り込んだ少年たちを、食い入るようにお母さんは見ている。

「もしも日本で戦争が始まったら、流星と大河を連れてすぐに国外逃亡する」

俺ははっとしてお母さんの顔を見つめる。

「裏切り者って言われようが、非国民って罵られようが、日本中から石を投げられようが、絶対に逃げる。あんたたちを失わなくてすむなら、なんでもする。もしあんたたちが戦争に行けって言われたら、お父さんとお母さんが代わりに行く。流星と大河だけは、絶対に行かせない」

「…………」

俺はなんと返せばいいか分からず、結局、黙って聞いていた。

「……この時代の親御さんたちは、みんな、この子はいつか戦争に行くかもしれない、って考えながら子育てしてたのかな。信じられない……なんてむごいことなの……」

パンフレットには、写真の載った特攻隊員たちの名前が、その享年と合わせて、ずらりと並んでいる。お母さんは、その名前と享年を、ひとりずつ指でなぞっていく。

「佐久間彰《あきら》二十歳、石丸智志二十歳、加藤正勝《まさかつ》二十六歳、羽田吉洋《はたよしひろ》十九歳……。子どもの幸せを願って一生懸命つけた名前が、こんなふうに……、なんて、名前を考えたときには思ってもみなかったでしょうね」

「……そうだね」

それだけ言って、俺はまた押し黙る。

「……俺って、なんで流星って名前なの」

そういえば聞いたことがなかったと思い、訊ねてみる。

お母さんが泣き腫らした顔を上げた。

「何十年に一度の、ものすごい流星群が来た日に生まれたからよ」

俺の脳裏に、夜空いっぱいに輝く星と、雨みたいに降り注ぐ流れ星のイメージが浮かぶ。

実際にはそんなふうにはならないことくらい分かっているけれど、流星群と聞くとそんなイメージをしてしまう。

お母さんが懐かしそうな顔で続けた。

「自分の願いをちゃんと叶えられるような人になりますように。他人の願いも叶えてあげられるような人になりますように。そう思ってつけたの」

「……いや、名前のプレッシャーやばすぎだろ」

俺は思わず吹き出した。

すると、お母さんも吹き出した。

「兄ちゃんの名前は？」

「大きな河みたいにゆったりどっしりかまえた人になりますように。あと、大河ドラマみたいな充実した人生になりますように。そのころお母さん大河ドラマにはまってたの」

「うわ、ミーハー」

「実は流星も、お母さんがいちばん好きな歌手のいちばん好きな曲のタイトルが『流星群』だったからっていうのもある」

「マジかよ、やっぱミーハーじゃん」

「いいじゃないの、ちゃんと意味があって、願いがこもってるんだから。名前負けって言われないようにがんばんなさいよ！」

「ええ～……まあ、できる範囲でね」

そう答えると、お母さんはふっと目を細めた。

「なんか変わったね、流星」

「……別に？」

気恥ずかしくてそっけなく応えると、お母さんは「やっぱり変わってないかも」

と豪快に笑う。

うるせぇよ、と心の中でうそぶきつつ俺は、お母さんが好きだという『流星群』を、こっそり聴いてみようと思った。

想い人

―中嶋千夏―

＊

「千夏《ちなつ》ー、いつまでだらだらしてるの」

日曜の昼下がり、ソファに寝転がってスマホを触っていたら、リビングに入ってきたお母さんが少し苛立ったような声を飛ばしてきた。

見ると、真っ黒な礼服を着て、真珠のネックレスを首に巻き付けているところだった。その姿を見て、あっ、と思い出す。

「今日は法事があるから桜田のおじいちゃんちに行くって言ったでしょ」

桜田のおじいちゃんというのは、父方の祖父のことだ。桜田という土地に住んでいるから、うちではそう呼んでいる。

そして今日はその桜田のおじいちゃんの家で、会ったこともない親戚の人の何十回忌だかの法事があり、私も顔を出さないといけないのだ。

なんだっけ、『皆様から大学入学のお祝いをいただいているから、お礼も兼ねてご挨拶にうかがいなさい』とかなんとか。

「そうだった……忘れてた」

「やっぱり。やけにのんびりしてるからおかしいと思った。まったく、もう大学生だっていうのに、のんびりしてるんだから……。十時には出なきゃ間に合わないからね、早く支度しちゃって」

「はあい」

「遅れたらお母さんまたあれこれ言われちゃうから、頼んだわよ」

お母さんは憂鬱そうに言い、私も憂鬱にうなずく。

お父さんのほうの親戚の集まりは、ちょっと気が重いのだ。

「とりあえず着替えてくる」

私はスマホを部屋着のハーフパンツのポケットに入れ、立ち上がった。

お母さんがネックレスの装着に苦戦しているので、背後に回って金具を留めてあげる。

「お母さん相変わらず不器用だね」

「まあ、失礼な」

「ほんとのことじゃん。はい、留まったよ」

「ありがとう。あ、入学式のときのスーツ、クリーニングしてあるでしょ、あれ着なさいね。法事だから普段着じゃだめよ」

「さすがに分かってるって」

お母さんは私のことをまだ中学生くらいに思っているんじゃないか、とたまに疑いたくなる。もうすぐ十九歳で、大学生で、立派な成人なのに。

自室に入り、クローゼットにかけておいたスーツを取り出す。

四年後の就活でも使えるから、という理由で真っ黒の地味なスーツを選ばされて、ちょっと不服だったけれど、こういう法事のときに礼服としても使えるのは便利だなと思った。

着替えの最中に、机の上に置いておいたスマホの画面がパッと光り、同時にピロンと電子音が鳴った。目を向けると、メッセージが届いたという通知が表示されている。

スマホを手に取り確認したら、メンバー登録しているアパレルショップからの広告メールだった。

憂鬱の色がじわりと濃くなる。

はあ、と溜め息を吐き出して、スマホを置き着替えをすませた。

＊

窓の外を高速で流れ去る街の景色を、見るともなく眺める。

これから行くおじいちゃんの家と、そこに集まっているであろう親戚の人たちの顔を思い浮かべると、さらに憂鬱は加速した。

桜田のおじいちゃんの家までは、車でだいたい一時間ほどだけれど、たったの一時間でずいぶんと街の雰囲気が変わる。

私がお父さんお母さんと三人で暮らしている住宅街のあたりは、べつに都会というほどでもないけれど、それなりに開けている。利用者の多い駅があり、駅直結のショッピングモールがあり、マンションが建ち並び、人通りも車通りも多く、真夜中になっても常に車のエンジン音が聞こえてくるような街だ。

一方、同じ県内で距離的には数十キロしか離れていないものの、おじいちゃんの家のあたりは、ザ・田舎という感じだ。

最寄りの駅までは徒歩だと三十分以上かかるので、移動の足は自家用車かバスがメイン。隣の家まで数百メートルというほどではないけれど、一軒一軒の敷地が広くて、余裕でうちあたりの倍以上はあるし、さらに隣家との間に畑や田んぼや空き地があったりする。

そして当たり前のように近所の人たちはみんな顔見知りで、ここで生まれ育ったお父さんだけでなく、年に数回ほんの数時間訪れるだけの私やお母さんまで、近所の人から『中嶋《なかしま》さん家の三男坊のお嫁さんと娘』だとしっかり認知されている。

親戚のおじさんやおばさんたちは、別に普通にいい人たちだけれど、みんな異様に距離感が近い。

プライバシーという概念がないみたいに、パーソナルスペースをぐいぐい侵食してくるし、悪気はないんだろうけど失礼な発言をしまくる。

お赤飯食べた？　とか彼氏できたか？　なんていうデリカシー皆無な質問も、お天気の話くらいの気軽さでぶつけてくるのだ。まったく嫌になる。

田舎はそういうものなのかもしれないけれど、憂鬱なものは憂鬱なのだ。

そんなこんなで、おじいちゃんの家に行くのはいつも気が乗らない。というか、お父さんの実家なのに、当のお父さんは『仕事を休めないから』と今日の法事を欠席するなんて、ずるい。私だって貴重な休日はゆっくりしたいのに。

「はあ……」

無意識のうちに溜め息が洩れた。

でも、ひとつだけ、楽しみもある。おじいちゃんの家に行けば、会えるのだ。

私の大好きなあの人に。


ピロン、という音に思考を遮られた。

すぐにバッグの中からスマホを取り出す。

「……あ」

彼氏の海翔《かいと》からのメッセージだった。

私は一瞬どきりとして、三秒ほど迷って、でもそのままスマホの画面を消してバッグにしまった。今は見ないほうがいいと思った。

憂鬱の色はさらに濃くなる。

付き合う前や、付き合いだしたころは、彼からのメッセージだと分かると恥ずかしいくらいどきどき胸が高鳴って、震える指ですぐにメッセージを開いていたのに、今は、敢えての未読スルー。我ながらずいぶんな変わりようだ。

海翔とは、高校二年生のころから付き合っていて、卒業してからもなんだかんだで続き、もうすぐ二年目の記念日を迎える。

でも、正直、マンネリというか、倦怠期みたいな感じだ。

いや、正確には、向こうが私に対する関心を失っているというか。たぶんだけど。

だって、そうとしか思えない。お互い違う大学に進学したけれど、『できるだけ予定を合わせて会おう』と卒業のときに約束していたのに、最近全然会えていないのだ。

海翔が言うには、授業が忙しいとか、教職課程をとっているから余裕がないとか、サークルの集まりがあるとか、バイトのシフトが詰まっているとか。

それで何週間も放置されて、もやもやといらいらが溜まっていた私はとうとう、

『こんな状態なら、付き合ってる意味なくない？　別れたほうがいい？』

とメッセージを送ってしまった。

それで少しは反省してくれるかと思いきや、海翔は、

『そうやって感情に任せて取り返しのつかないこと言うの、よくないと思う』

なんて返してきたのだ。はぁ？と声が出た。

苛立ちが頂点に達した私は、

『そうやって上から目線で目の前の問題から目を逸らすの、よくないと思う』

と言い返した。

しばらくして海翔から何かメッセージが来たけれど、開かなかった。いらいらしたまま読んだらろくなことにならないと思ったからだ。

そして、そのまま今日に至る。

私たちはどちらも意地っ張りで、負けず嫌いで、こんなふうにちょっとした諍

いを起こしてしまうことがときどきあった。

それでも高校生のときまでは、ほとんど毎日顔を合わせるので、それなりにすぐに仲直りできていた。

ところが大学生になり、なかなか会えない日々の中では、仲直りのタイミングが見つからない。

それどころか、少しでも空気が険悪になると、普段は最低一日一回は行われているやりとりすらなくなり、自然消滅まっしぐらという雰囲気になる。

本当にもう別れちゃおうかな。ふとそんな思いがこみ上げてくる。

『別れたほうがいい？』と送ったときは、それは別に本心じゃなくて、海翔に『ごめん、これからはもっと会えるようにするから』と言わせたかったからだった。

でも、海翔からの反応は、あれで。

なんだか、このまま付き合っていても、どうせいつか別れることになるんだろうな、という予感がしてきた。それなら、少しでも早く別れたほうが、傷は浅いんじゃないか。
そもそもなんで海翔のこと好きだったんだっけ。どこが好きだったんだっけ。
なんであんなに好きだったんだっけ。
だめだ。もう思い出せない。
ねえ、忘れちゃったよ、海翔。

*

法事は三十分ほどでつつがなく終了し、そのあとはいつも通り、仏間に親族みんな集まって晩餐の時間になる。というか、宴会だ。
仕出し弁当を頼んであるので食事の準備はしなくていいのだけれど、仏間にいるとお酌をしろだのお茶出しを手伝えだのと、おじさんたちからもおばさんたちからも色々言われて面倒なので、私は「まだお腹すいてないので」と適当な言い訳をして、仏間を出た。

ちょうどお手洗いから出てきたおじいちゃんに遭遇したので、

「おじいちゃん、私、千代さんちに行ってくるね」

と声をかけた。

「ん、ああ、姉さんによろしくな」

「はあい」

おじいちゃんは頷き、親戚のおじさんに呼ばれて仏間に戻っていった。

『千代さん』というのは、おじいちゃんの長姉にあたる人だ。五人きょうだいのいちばん上といちばん下で、十五も歳が離れている。

戦後生まれのおじいちゃんが物心ついたころには、千代さんは戦後混乱期の家計を支えるために住み込みで奉公に出ていたから、一緒に暮らした記憶はないらしい。そのせいか、仲が悪いというわけではないけれど、どこかお互いに遠慮がちなよそよそしさがあり、なんというか、姉弟というよりは、たまに会ういとこ同士くらいの関係性に見える。

でも、そんなおじいちゃんの孫である私は、昔から千代さんのことが大好きで、おじいちゃんの家に来ると必ず、数軒先の小さな家にひとりで住んでいる千代さんのもとへ、いそいそと遊びに行っている。

「千夏ちゃん、まあた千代さんとこに行くの？」

親戚のおばさんのひとりに声をかけられた。

私は内心うんざりしつつも、「ええ、まあ」と笑顔で答える。

「千代さんもねえ、どうしたものかしらね。今はまだそれなりに元気にしてらっしゃるからいいけど、お年がお年だから、早く老人ホームなり介護施設なりに入ってくれればいいんだけどねえ。ほら、ずっと独身でいらしたから、子どももいないし、何かあったときに面倒を見る人がいないでしょ」

「はあ……そうですね」

私は顔を背け、気のないあいづちを打つ。不満が顔にも声音にも出てしまっていると思うけれど、おばさんは気づかずに続ける。

「みんな心配してるのよ、この先どうするつもりなのかしらって。住み慣れた家がいいのは分かるけど、足腰も悪くなってるし、いつまでもひとり暮らしってわけにいかないものね。ほら、いざとなったら、やっぱり身内でなんとかしないといけないってことになるじゃない、こういうことはね」

「…………」

千代さんのことを心配しているふうでいて、実は自分たちに面倒や迷惑がかかることを心配しているのだと分かる。

実の親でもない親族の老後の世話をするのは嫌だから、自分のお金でさっさと施設に入っておいてほしい、そういうことなのだろう。

大丈夫です、いざというときは私が何とかしますから。そう言えたらいいけれど、まだ学生の分際では、そんな無責任なことは言えない。笑い飛ばされて終わりだろう。

成人になったとはいえ、結局学生は学生だ。親の庇護下にある子どもだから、偉そうなことは言えないのだ。どんなにむかついても。歯がゆかった。

私は「じゃあ様子見てきますね」と早口で告げ、逃げるようにおじいちゃんの家を出た。

*

「千代さん、こんにちはー」

玄関でチャイムを鳴らし、声をかける。

返事はない。いつものことだ。

千代さんは数年前から耳が遠くなり、チャイムを鳴らしても聞こえたり聞こえなかったりするようだ。

「お邪魔しまーす」

返事がなくても入っていいよと以前千代さん本人から許可をもらっているので、大声で挨拶をしながらサンダルを脱ぎ、たたきにあがった。

「千代さあん、千夏です、お邪魔しますねー」

いつもの場所かな、と思って向かうと、やはりそこにいた。

庭に面した縁側のロッキングチェア。

ゆったりと腰かけている小さな背中。

そよ風にふわふわ揺れる、たんぽぽの綿毛みたいな真っ白な髪。

しばらくその様子を見つめたあと私は、千代さん、と声をかける。今回も反応はない。

「こんにちは、千代さん」

お腹から声を出して呼ぶと、千代さんがゆっくりと振り向いた。

「あら、千夏ちゃん。こんにちは」

花開くような優しい笑みが私に向けられる。

「呼び鈴、鳴ってたのかしら。気づかなくってごめんなさいね」

私は顔の前でひらひらと手を振る。

「全然、全然。勝手に上がらせてもらいました、ごめんね」

ふふっと千代さんは笑い、

「いいの、いいの。こっちへおいで」

と手招きしてくれた。

私は「はあい」と応えて縁側へ向かいながら、

「これ、お土産のお花だよ」

と胸に抱えていた花束を千代さんに見せる。

車でおじいちゃんの家に来る途中、お母さんに頼んで花屋さんに寄ってもらい、買ってきたものだ。

花束と言っても、アルバイトでお小遣いを稼ぐ貧乏大学生に買えるものなんてたかが知れていて、百合の花一輪とかすみ草の小さな花束だけれど、千代さんは嬉しそうに笑ってくれた。「急いでるのに……」とぶつぶつ言うお母さんに必死に頼み込んだ甲斐があった。千代さんに会うならどうしても何か贈り物をしたかったのだ。

「あらあ、百合の花……綺麗ねえ」

千代さんは花束に顔を近づけ、目を細める。

「とっても好きなお花なのよ。ありがとうね」

もちろん、千代さんは百合の花がいちばん好きだと知っているからこそ、この花を選んだのだけれど、私がそれを知っているということを、千代さんは忘れてしまったらしい。

千代さんは最近、物忘れが激しくなってきた。ここ数年の間に、耳が遠くなっただけでなく、だんだん忘れ物が増え、つじつまの合わない話をすることも増え、身体の動きもゆっくりになってきた。食べる量が減って、眠っている時間も長くなってきたらしい。

九十四歳という年齢を考えれば当たり前のことなのだろうけど、でも、少しずつ終わりに向かっているように思えて、生から離れていっているように思えて、そんな様子を見ると切なくなる。

私は小さいころから、千代さんのことが大好きだった。

優しくて、朗らかで、可愛らしくて、遊びにくるといつもおいしいごはんやおやつを作ってくれた。

「本当に綺麗ねえ……」

宝物みたいに丁寧なしぐさで花束を胸に抱く千代さんの、しわだらけの手も、嬉しそうに微笑むしわだらけの顔も、とてもとても優しい。

「花瓶に飾ってもいい？」

「もちろんよ。頼んでいいかしら、ありがとうね」

「いえいえ。お茶も淹れてくるね」

「まあ、ありがとう」

よく知らない親戚のおじさんにお酌をするのは嫌だけれど、大好きな千代さんのためならお茶くらい何杯だって淹れたくなるのだ。

台所で花瓶に水を入れ、花を生ける。

水音や、花を包むビニールを開く音が、やけに大きく響いた。

静かな家だなあと、来るたびに思う。

千代さんは一度も結婚していなくて、もうずっとこの家でひとりで暮らしている。働いていたころは人の出入りもあったけれど、今は訪ねてくる人もなくなり、まるで森の奥の家みたいに静まり返っている。

千代さんは七年前まで、子どものころからお世話になっていた近所のおばさんから引き継いだという、魚料理が名物の食堂をひとりで切り盛りしていた。私もよく遊びに行っていたけれど、いつもお客さんでいっぱいの人気店だったのだ。

千代さんは『このお店とお客さんの笑顔が私の生き甲斐なの』とよく言っていた。

でも、足腰が悪くなって営業を続けるのが難しくなり、泣く泣く閉業した。

それから一気に目や耳も悪くなり、物忘れもするようになった。

今は一日のほとんどの時間を、縁側で日向ぼっこしながら過ごしているようだ。

千代さんは料理だけでなくお裁縫も得意で、以前はよくロッキングチェアでゆらゆら揺れながら編み物や縫い物をしていたけれど、ここ数年はただゆったり座って庭を見つめていることが多い。

『目が悪くなったし、手先もうまく動かなくなってきたからね、お裁縫はもう卒業したの』

と少し寂しそうに笑って言った。

昔から、自分の子どもがいないぶん、甥っ子や姪っ子、私からみたらおじさんやおばさんたちを我が子のように可愛がっていて、子ども服や学校用の鞄などを作ってあげていたらしい。

私も子どものころ、ピアノ教室の発表会のとき、ドレスを作ってもらったことがある。

『下手の横好きだから、あんまりおしゃれなものは縫えないんだけどね』

なんて千代さんは言っていたけれど、私にとっては特別な一着になった。

大好きな千代さんと一緒に生地屋さんに行き、たくさんの生地とレースとリボンの中から、好きなものをひとつずつ選ばせてもらった。

私の好きな色で、私の好きな柄で、自分で選んだ生地で、私の体型に合わせて、私のためだけに縫ってもらった、世界でひとつだけの私のドレス。

今でもクローゼットの奥に大事にしまってある宝物。

小さいころにたくさん優しくしてもらったから、これからは恩返しとして私が千代さんになんでもしてあげたいなと思うのだ。

＊

お茶と花瓶を持って縁側へ戻る。

「ありがとう、千夏ちゃん」

「いえいえ。熱いから気をつけてね」

ふたりでお茶を飲みながら、百合の花の香りに包まれながら、なんということもない話をしていた流れで、

「ねえ、千代さんはどうして結婚しなかったの?」

ふと気になって訊ねてみた。

「あら。ふふ、気になる?」

千代さんは少し首をかしげ、笑って答える。

「なんてことないのよ。お相手がいなかったの」

私は「そっかあ」と応じつつも、心の中で首をかしげる。

千代さんは穏やかで優しくて、しかも美人で可愛くて、おまけに料理もお裁縫も上手で、こんな素敵な人に結婚相手がいなかったなんてことがあるだろうか。

そもそも恋愛や結婚に興味がなかったのかもしれないな、なんて思う。

そのとき、いつか耳にしたことをふと思い出して、私はなんの気なしに訊ねた。

「そういえば、若いころ婚約したことがあったって、おじいちゃんから聞いたよ」

「ああ、そんなこともあったわねえ……」

千代さんが懐かしげに目を細める。

「でも、すぐにだめになっちゃったのよ」

「どうして……？」

こんなことを訊いてもいいかなと少し不安に思いつつ問うと、千代さんは少し目を伏せた。

横顔に、寂しげなかげが宿る。

その反応に、私はどきりとした。

やっぱり悪いことを訊いてしまったのかも、と不安になった。

「ご縁がなかった……いいえ、私が悪かったのね」

千代さんが小さく答える声を聞き、激しい後悔がこみ上げてくる。

ごめんなさい、無神経だった、この話はやめよう、そう言いかけたとき、千代さんがそっと口を開いた。

「――忘れられない人がいたのよ」

静かな、静かな声だった。

「忘れられない人……？」

「ええ、そうよ」

千代さんは、やっぱり寂しそうな顔で微笑む。

「二十代半ばのころにね、親戚の人たちから、『まだ結婚しないのか、一生ひとりで生きていくつもりか、みんな心配してるんだぞ』って何度もお見合いをすすめられて……」

千代さんが二十五歳くらいのころといえば、戦後十年くらいか。女性は二十代前半までに結婚するのが一般的だったと聞いたことがある。今の感覚だと、二十代ならまだまだ若いし結婚なんて焦らなくていいじゃないかと思うけれど、当時の周囲の反応は全然違ったのだろう。

「それでついには断りきれなくなって、ご紹介いただいたお方とお会いしたの。とっても好い人で、あれよあれよと話が進んで、婚約までしたんだけれどね……」

千代さんが一瞬口をつぐみ、唇を震わせた。

「……それでも、どうしても、『あの人』のことが忘れられなかった。結婚する決心がつかなくて、私がだめにしちゃったのよ」

物忘れが激しくなってきて、少しずつ記憶を手放している千代さんが、それでも『忘れられない』こと。

風が吹き、花瓶に生けた真っ白な百合の花と葉が、わずかに揺れた。

「……どんな人だったの？」

思わず呟いた声は、自分でもびっくりするほど小さかった。

きっと千代さんの耳には届かなかったと思う。でも、千代さんは私の問いに答えるように言葉を続けた。

「戦時中に出会った兵隊さん。とっても明るくて、朗らかで、面白くて、笑顔の素敵な方だったのよ」

千代さんがうっとりした表情で語り、それからふっと目を伏せる。

「……この近くにあった陸軍の基地に配属された、特攻隊員の方だったの」

「特攻隊……？」

思いもしなかった単語が飛び出してきて、私は息をのんだ。

特攻隊。もちろん日本史の授業で習ったことがある。歴史は苦手なので、あまり熱心には勉強していなかったけれど、少しは覚えていた。

頼りない記憶をなんとか呼び起こして、特攻作戦というのがどういうものだったかを思い出し、背中に震えがくる。

「その人は……死んじゃったの？」

そう訊ねた声も震えていた。

千代さんは悲しそうに微笑んで、小さく、小さくうなずく。

「……出撃の前に、お別れの挨拶にいらしてね、『君は絶対に幸せになる』って言ってくださったの。『君は絶対に幸せになる、俺が保証する』って……。そして、このお手紙を残して、南の空に……」

千代さんが胸元に手を入れて、巾着袋を引き出し、袋の中から何かを取り出した。

「彼がここで過ごしたのはほんの短い間だったから、私の手元にある思い出は、このふたつだけ」

一通の手紙と、一枚の写真。

千代さんはそのふたつを、私の手のひらにそっとのせた。

「……見てもいいの？」

「ええ、どうぞ」

私はまず手紙に視線を落とした。
小さな紙に、たった五文字だけの、短い手紙。

『君に幸あれ』

とても丁寧な、力強い字で、そう書かれていた。
心からそう願っていたことが伝わってくる手紙だった。
君に幸あれ、と書きつづった手紙。
君は絶対に幸せになる、という言葉。
この人は、千代さんの幸せを心から願っていたのだと、痛いほどに伝わってくる。
写真のほうに目を移す。
凛々しい顔つきに、明るく爽やかな笑みを浮かべた、私と変わらない年ごろの若い男の人が映っていた。

顔写真の下に、『石丸智志《さとし》』という名前が書かれている。

「……これはね、私が語り部をしていた特攻資料館で、掲示されている石丸さんのお写真を、カメラで撮らせていただいたものなの」

そういえば、千代さんは足腰が悪くなるまでずっと、隣町にある資料館で、訪問客を案内するボランティアをしていたと聞いたことがあった。

忙しい食堂の仕事の合間をぬって、貴重な休みの日を使ってまでボランティアをするなんて、すごいなあと思ったものだけれど、まさか千代さんが特攻隊員の人と知り合いだったなんて、知らなかった。

いや、知ろうとしていなかっただけだ。

私は千代さんと色んな話をしてきたのに、その話だけは聞こうとしなかった。

だって、歴史には興味がないし、難しそうだし、戦争の話なんて怖いから聞きたくないし、もう終わったことなんだから、昔のことなんだから、知らなくてもいい、そう思っていた。だから、千代さんのボランティアの内容も、資料館の話も、自分から訊ねたことがなかったのだ。

千代さんがどれほどの思いで資料館に通っていたのか、語り部をしていたのか。私は今初めて、その思いに触れている。

千代さんは、愛おしげな眼差しで写真を見つめ、やせた指先でその名前をそっと撫でる。

「ふふ、ぼろぼろね……」

たしかにその写真と手紙は、古いものというのももちろんあるけれど、それ以上に、ずいぶんとすりきれていた。

「何十年も、巾着に入れて肌身離さず持っていたから……」

たった一枚の写真と手紙に、どれほどの想いが込められているのか。

彼の想いと、千代さんの想い、ふたつを包み込んで、どれほどの重みを持っているのか。

それを想像して、胸がいっぱいで苦しくて、私はもう何も言えなかった。


「――ねえ、千夏ちゃん」

しばらく写真の彼をじっと見つめていた千代さんが、ふいに口を開いた。

「お願いがあるの」

静かな声だった。私はそっとうなずく。

「うん……なあに？　なんでも聞くよ」

千代さんのお願いなら、なんだって叶えたかった。

すると千代さんはふっと目尻のしわを深くして、かすかに唇を震わせた。

「私が死んだら、棺の中に、この手紙と写真を入れてちょうだい」

「え……」

その言葉の意味を理解した瞬間、心臓を鷲掴みにされたような気がした。

「やめてよ、千代さん」

思わず悲鳴のような声をあげる。

「死ぬなんて言わないで……」

かすれる声で訴えたけれど、千代さんは微笑んで緩く首を振った。

「私はもうじゅうぶん生きたもの。……もうじゅうぶん」

千代さんが噛みしめるようにつぶやく。

「だから、いつ死んだってかまわないわ。きっともうすぐだって気がするの。……それにね」

千代さんの視線が、庭の向こうに広がる空へと向けられる。

怖いくらい綺麗に晴れた空だ。

「死ぬときには、あの方が、迎えに来てくれるような気がするの……」

擦りきれた写真をそっと両手で包みこみ、広がる青空を見つめて、千代さんはひどく嬉しそうに笑った。

「ああ、早く会いたい。いつかまた必ず、きっとお会いできると信じて、ずうっとずうっと待っていたの。もう一度あなたに会える日を……」

まるで少女のように無垢で純粋な、屈託のない笑顔と口調。

「私ね、幸せだったわ。好きなものを食べて、好きなことをして、好きなように生きた。もうじゅうぶんよ……」

小さな唇がかすかに震える。

「ねえ、もうじゅうぶんでしょう？　石丸さん」

唇からもれる、ひそやかに語りかけるような囁き声。

「ね、私、がんばったでしょう？　幸せになったのよ。あなたのいない世界で……」

千代さんがもらした『幸せ』という言葉に、それでも私は、どうしようもない寂しさを感じた。

きっと、いちばん必要なパーツが、ずっと欠けたままだった『幸せ』。

「だから、早く、迎えに来て……」

千代さんの頬に、透明な涙がぽろりと伝った。

＊

『君に幸あれ』

『君は絶対に幸せになる』

帰りの車の中で、私は何度も何度も千代さんの話を思い返していた。

千代さんが見せてくれた石丸さんからの手紙にも、別れ際に残したという言葉にも、千代さんへの優しい愛情が溢れていた。

きっと石丸さんも、千代さんのことを特別に想っていたのだろう。

千代さんも、石丸さんも、互いに相手を特別な存在だと思っていた。

それなのに、想いを伝え合うこともなく、触れ合うこともなく、ただの町娘と兵隊さんとして出会い、別れ、二度と会えなかった。

戦争がなければ、千代さんは石丸さんと結婚して、一緒に暮らすことができたのだろう。子どもだって生まれたかもしれない。

そして、どちらかが命を終えるまでは、ずっと一緒に生きることができたのだろう。

戦争さえなければ。

そのことに思い至ったとき、初めて私は、戦争というものの惨さと恐ろしさを感じた。

そして、今私の生きる場所で当たり前にある平和の尊さを思い知った。

会いたい人に会いに行ける幸せ。

好きな人に好きだと言える幸せ。

大切にしたいものを大切にできる幸せ。

私はそれを、あまりにもないがしろにしていた。

会いたい人に会えるのは当たり前だと思っていた。だから、少し会えないだけで不満でいっぱいになって。

好きなんて言葉、言おうと思えばいつでも言えると思っていた。だから、言わなかった。照れくさいから。それに、自分から言ったら負けという気がするから。

なんてちっぽけで、くだらないんだろう。

どんなに好き合っていても、好きという言葉を口にすることも、触れることも、抱きしめることも、好意を見せる態度をとることすら、できなかった人たちがいるのに。

大切に想い合っていても、二度と会えないまま、永遠に別れることになってしまった人たちがいるのに。

いや、他人事ではない。私だって、たとえば病気や事故、事件に巻き込まれて、ある日突然、家族や友達や恋人と、永遠に会えなくなるかもしれない。

そんな可能性を考えもせず、当たり前の日常が当たり前に続くと、思い込んで生きてしまっていた。

なんて愚かなんだろう。

千代さんが語り部をしていた特攻資料館に、今度行ってみよう、絶対に行こうと決意した。

＊

思い浮かべようとしなくても、勝手に脳裏に浮かんでくる、海翔の横顔。

千代さんは、石丸さんと初めて会った日に、恋に落ちたのだと言っていた。

勤労奉仕で基地を訪れた千代さんたち女学生が、緊張して固くなっているのを見て、わざと明るくおどけてみせて、空気をやわらげようとしてくれる姿に、なんて優しくて素敵な人だろうかと感動したのだという。

私は、どうだったっけ。

どうして海翔のことを好きになったんだっけ。

すぐに思い出せる。

だって、本当は忘れてなんかいないから。

忘れたふりをしていただけだから。

私ばっかりあのころの気持ちを忘れられずにいるみたいで、私ばっかり好きみたいで、悔しかった。忘れてしまったほうが楽だと思っていた。だから忘れたふりをしていた。

でも、本当は、一瞬だって忘れたことはない。

高校一年生のとき、私と海翔は違うクラスだった。体育の授業が合同だったので、大塚《おおつか》海翔という名前と顔くらいは知っていた。

ある日体育館で、男女に別れてバレーボールのゲームをしていたときのことだった。隣の男子コートのほうからボールが飛んできたのに気づかず、私は振り向きざまに顔面でボールを受けてしまった。

何が起きたか理解できないまま、倒れるように床に座り込んだ。火がついたように熱い顔に両手を当てると、ぬめりとした感触があった。切れた唇と鼻から血が出ていたのだ。

途端に激しい痛みと痺れに襲われ、痛みのあまり涙まで出てきた。

周囲は、驚きや動揺や困惑の囁き声、隠しきれないような好奇とかすかな笑いの気配に包まれていた。

痛みよりも、恥ずかしすぎて死にそうだった。

近くにいた子から『大丈夫?』と声をかけられることすら恥ずかしかった。とにかく顔を手で覆ってうつむいて、血まみれの顔を誰にも見られないようにすることしかできなかった。

今思えば、このときの私はただただ被害者で、悪いことなんて何もしていないし、恥ずかしがる必要などない。そう今なら分かるのだけれど、思春期まっただなかの女子にとっては、鼻血を垂れ流している『みっともない姿』をたくさんの人に見られるというだけで、今すぐ死にたいと思うくらい屈辱的なことだった。

立ち上がって水道に行き、一刻も早く顔を洗いたいという思いと、注目の中で立ち上がったりしたらさらに目立ってしまうという思いで、板挟みになり動けなかった。

そのとき、誰かが駆け寄ってくる足音がした。

足音は真横で止まった。もちろん顔を上げることはできなかったけれど、視界の端にうつった体育館シューズのつま先に「オオツカ」と書いてあるのが見えて、隣のクラスの彼だと分かった。

もしかして、私が鼻血を出しているのが分かって、みじめな顔を見にきたんじゃないか、笑われるんじゃないか。当時は海翔がどんな人か知らなかったから、そんな不安と恐怖にとらわれた。

でも彼は、私の顔を覗き込んだりはせず、自分の着ていたジャージの上着を脱ぎ、周囲の視線を遮るように、私の前にかかげた。たぶん気をつかってくれて、ジャージが私に触れないようにしながら、目隠しのカーテンのような感じで。

『大丈夫？　動ける？　立てそうなら保健室行こ』

海翔は小さな声で、心配そうに囁きかけてきた。

私はその瞬間、痛みも忘れるくらいに、激しい動悸に襲われた。

ほとんど同時に、反対側のコートにいた体育の先生が事態に気づいて駆けつけて、『ゲームに戻れ』とみんなを散らしてくれた。

四方八方から無遠慮に飛んでくる好奇の目。それらを遮断してくれる海翔の服に守られながら、私は彼に付き添われて体育館を出た。

その間ずっと、海翔の気配を間近に感じて、心臓が爆発しそうなくらい、どきどきしていた。

その日から私の目は、自動的に海翔を探す機能がついたカメラみたいになった。

話しかけることはできなかったけれど、いつだって彼を目で追っていた。

二年生になった始業式の朝、同じクラスに海翔の姿を発見したときは、人目も憚《はばか》らず跳び上がりそうなほど嬉しかった。

出席番号順に着席すると、奇跡的に隣の席だった。

気絶しそうなくらいに緊張したけれど、踊り出したいくらいに嬉しかった。

その日は無理だったけれど、次の日、なけなしの勇気を振り絞って、話しかけた。

『去年、体育のバレーのとき、助けてくれたの覚えてる？　あのときは、本当にありがとう』

海翔は笑顔で『覚えてるよ、大変だったよね』と応えてくれた。

同じクラスになってから、ますます彼のことが好きになった。

授業中、まっすぐな姿勢で前を向き、真剣に授業を受けている横顔を、一日に何度も盗み見た。

休み時間は友達と楽しそうにはしゃぐけれど、常に周囲に気を配っていて、誰かの邪魔をしていないか、迷惑になっていないか、いつも気にしているのが分かった。

誰に対しても分け隔てなく接し、困っている人がいたら当たり前みたいにまっさきに助けに向かう。

明るく温厚な人で、苛々したり不機嫌な顔をしたりして周りに気をつかわせるようなことは決してない。

でもけっこう負けず嫌いで、球技大会でバスケの試合に出たとき、最後の最後に逆転されてしまったときは、体育館裏でひっそりとしゃがみ込み、悔しそうにうなだれ、静かに涙を流していた。

その姿を見てしまったとき私は、なんだかものすごく、どうしようもなく、きゅんとした。

翌日、私は、海翔に告白した。

『好きです。よかったら付き合ってください』

海翔は驚いた顔をして、少し困ったように瞬きをして、『ちょっと時間もらっていいかな』と返事をした。

彼は優しいから、断り方を探しているのだろうと思った。

でも、それ以降、海翔のほうから話しかけてくれることが増えた。休み時間のたびに、短いけれど会話をして、だんだんその時間も頻度も増えて、一カ月経つか経たないかくらいのとき、彼から映画に誘われた。もちろんふたりで、と海翔は少し頬を赤くして言った。心底びっくりした。

その数日前に私は、クラスの女友達に『気になる映画があるから一緒に観に行こう』と言ったものの、ホラー系だったので嫌だと断られていた。

海翔はそれをどうやら聞いていたらしい。

まさかの展開に混乱しつつも、もちろん即ＯＫした。

翌週の日曜日、駅前で待ち合わせをして、映画館に行った。

海翔と外で会うのは初めてで、口から心臓が飛び出しそうなくらい緊張した。

映画が終わったあと、フードコートでごはんを食べながら感想を話し合って、

話し足りずにカフェに移動して、帰りの駅に向かう途中、海翔が上ずった声で、
『好きです。よかったら付き合ってください』
と逆告白してきた。
ひっくり返りそうなくらい驚いた。
私は泣きながら、
『私も好きです、よろしくお願いします』
と応えた。

……あれから二年。
ねえ、海翔。
私は、こんなに、覚えてるよ。
付き合うまでのことも、付き合ってからのことも、全部、全部、覚えてるよ。
ねえ、海翔は？　覚えてる？

……もう忘れちゃった？


車窓を流れる景色を見つめながら、バッグの中のスマホを取り出す。

ぎゅっと握りしめる。

海翔と色ちがいで買った、おそろいのスマホケース。

お互いへの贈り物という形で、お店でプレゼント用に包装してもらい、店の外で交換した。

『ありがとう。大事にする』

海翔は満面の笑みでそう言った。

そういうふうに臆面もなく、ちょっと照れくさいことでもさらりと言ってしまえるところが、好きだった。

『それ、付けてあげる』

ケースと同じ色柄のキーホルダーもセットで買ってくれていて、それを彼が私のお気に入りのバッグに付けてくれた。

嬉しい、ありがとう。あのとき、私はちゃんとそう伝えただろうか。照れくさいからって、むすっと受け取ったりしていないだろうか。

スマホの画面の電源を入れる。

今朝、向き合う決心がつかなくて見て見ぬふりをしてしまったメッセージを、やっと開く。


『千夏、ごめん。言いすぎた。ちゃんと会って謝りたい。今度いつ空いてる？』


海翔は歩み寄ってくれている。

意地っ張りで、天邪鬼で、素直になれない、可愛げのない私に対して、自分から折れて謝ってくれている。

もとはといえば私が、言ってはいけないことを言ってしまったのがきっかけなのに。

返信バーをタップすると、キーボードが表示された。

なんて送ろう。まず謝らなきゃいけないな。

この気持ちがちゃんとまっすぐ伝わるように、よく言葉を選ばなきゃ。

迷っているうちに、法事の疲れが出たのか、車の揺れが心地よかったからか、いつの間にか眠ってしまっていた。

夢の中で私は、あたたかい千代さんの手に背中を優しく押してもらい、海翔のもとへと駆け出した。

＊

翌朝、千代さんは、ベッドの上で冷たくなっていた。

法事でお供えした果物やお菓子のおすそわけをしようと千代さんの家を訪ねた桜田のおばあちゃんが、千代さんの寝室に入って様子がおかしいことに気づき、急いで救急車を呼んだけれど、すでに息はなかった。

発見時には亡くなって数時間は経っていたものと思われる、と告げられたらしい。

おそらく夜、いつも通り眠りについて、そのまま息を引き取ったのだろうということだった。


千代さんが亡くなったという連絡を受けた私は、大学に行くのをやめ、すぐに千代さんの家に向かった。

どこかで覚悟はしていたけれど、まさかこんなに急だと思わなくて、道中ずっと動悸がおさまらなかった。

千代さんの家は、いつもと違い、何人もの人が出入りをして騒がしかった。

賑やかな家のいちばん奥の仏間で、畳の上に敷かれた真っ白なお布団に包まれ、千代さんは、青白い頬をして冷たく硬くなっていた。

でも、とても、とても幸せそうな微笑みを浮かべていた。

「——石丸さんが、来てくれたんだね」

私は千代さんの手に手を重ねて、祈るように額を押し当てながら、そう声をかけた。

大好きな千代さんとの永遠の別れは、本当に本当に寂しい。

だけど、千代さんの永遠の願いが叶ったのだと思うと、千代さんの死を泣いて悲しむのは違う気がした。

むしろ、そう、祝福の言葉のほうが、きっとこの別れにはふさわしい。

「よかったね、千代さん」

涙でにじんでしまいそうな声を、必死に絞り出して、千代さんに語りかける。

「ずっと待っていた人に、やっと、やっと会えたんだね。よかったね……」

千代さんは綺麗な化粧を施され、真っ白な棺におさめられた。

私は千代さんの願い通り、棺の中で眠る千代さんの、組んだ手の下、胸に抱くような形で、石丸さんの写真と手紙を置いた。

おやすみなさい、千代さん。お疲れさまでした。

心の中でそっと語りかけた。

たったひとりの愛しい人を、何十年も想いつづけ、ひとりで生きてきた千代さん。

彼の願いを叶えるために、彼のいない世界で幸せになろうとがんばりつづけた千代さん。

どれほど途方もなく、苦しく、寂しい日々だっただろう。

長い長い旅を終えた千代さんの、深いしわの刻まれた頬を、私はそっと撫でる。

自分の手に、石丸さんの想いを重ねて。

＊

二日後のお葬式の日は、清々しいほどの晴天だった。

告別式を終え、火葬が終わるのを待つ間に、私は火葬場のエントランスから外に出て、スマホを開いた。

海翔にメッセージを送ろうと思っていた朝に千代さんが亡くなり、ばたばたしていて、何よりとても悲しくて、スマホを触る気力がなくなっていた。

でも、今日こそは、海翔と話したい。

電話をかけるとすぐに、

『……っ、もしもし？　千夏!?』

慌てたような声の海翔に、自然と笑みがこぼれる。

「久しぶり、海翔。連絡しなくてごめん。あのね……」

ちゃんと話せると思ったのに、ちゃんと謝ろうと思ったのに、海翔の声を聞いた瞬間、洪水みたいに涙が溢れだして、自分でもびっくりした。

『えっ、え？　千夏、どうした？』

「……ご、ごめ、……ちょっと、今……」

またあとでかける、と涙声で伝え、いったん通話を切ろうとしたら、『待って！』と海翔が叫んだ。

『今どこ？　すぐ行くから、待ってて』

「……うう〜……」

私は泣きながら居場所を伝えた。

会いたい人に、会いたいときに、会いに行ける幸せ。

大事な人に、伝えたいことを、伝えるべきことを、伝えられる幸せ。

ねえ、海翔。

私たち、ちゃんと話をしよう。

私は、恥ずかしがらずに、意地を張らずに、自分の思いを伝えるから、海翔も話を聞かせて。

私たち、まだまだやり直せるよね？

だって、私たちは好きな気持ちも、会いたい気持ちも、一緒に生きたい気持ちも、我慢しなくていい時代に生まれることができたんだから。


ぼろぼろ流れる涙を止めるために、空を見上げる。

私が最後に千代さんと会った日、肩を並べて一緒に見た空と同じように、泣きたくなるほど綺麗に澄み渡った、夏の空。

私はきっとこの青の深さと美しさを、一生忘れないだろう。

水鉄砲

—加納百合—

*

「うお――――！　オマエをころしてやる――――!!」

背後から激しい足音と大きな叫び声が聞こえてきた。

「しねしねしね――――!!」

ぎゃははと弾ける笑い声。

国道沿いの歩道を急いでいた私は、足を止める。

振り向くと、水鉄砲をピストルのようにかまえた少年たちが、お互いを撃ち合いながら、集団でこちらへと走ってきた。

まるで屈託なくじゃれ合う子犬のようだ。

知らず知らずのうちに、口許に笑みが浮かんだ。

ひとりの男の子が撃った水の弾丸が、宙に飛び散って、いくつかの水滴が私のスーツの裾を少し濡らした。

「あっ！　すみません！」

男の子が慌てて立ち止まり、ぴょこんと私に頭を下げた。

「大丈夫だよ」

私は微笑んで応えてから、少し真顔になって「でも」と付け足す。

「歩道で遊ぶのは危ないよ。狭いから、転んだりして道路に飛び出しちゃったら大変」

真横を車が通りすぎていく。ちょうど帰宅ラッシュの時間帯で、たくさんの車やバイク、トラックが行き交っていた。

「だから、あっちの公園で遊んだほうがいいと思うよ」

「あ、はい。すみません」

男の子がこくこくと頷く。

「公園行きます！」

ほかの少年たちも素直にそう応えてくれた。

「暗くなる前に帰るんだよ。車に気をつけてね」

「はあーい」

返事もそこそこに、再びばたばたと駆け出す。

「さよーなら！」

「はい、さようなら」

ピストルやライフルを模した水鉄砲を振り回しながら、少年たちは笑顔で駆けてゆく。

透き通った弾丸が、彼らのまばゆい夏を彩るように、きらきらと光を反射させる。

水鉄砲遊びが、ただの子どもたちの遊びとして、無邪気な遊びとして、微笑ましく見つめられるものであること。

それは当たり前なんかじゃなく、とてもとても尊いことだと、私は知っている。

そんな現在《いま》を、ここを、守りたい。
彼らが成長したあとの未来でも、ずっとそうであるように。
『――でも、加納《かのう》さんの言ってることって、しょせん綺麗事だよね』
『――世界から戦争がなくなるなんて、夢物語でしょ』
私が夢や願いを語るたびに、苦笑いとともに、そんな言葉を向けられる。
彼らの言うことは、私にも理解できる。
私だって、十四歳までは、そう思っていた。
もしもあのころの私が今の私を見たら、彼らと同じような感想を抱くだろう。
綺麗事ばかり語る、夢見がちな人。いくつになっても現実を見られない哀れな大人。
人と人との争いは、何千年、何万年も前から繰り返されてきた。
食糧、土地、資源。人が生きるために必要不可欠なものは、どれも有限だ。
生き延びるために、限りあるものを奪い合う。人類の歴史には、生きるための闘いが常につきまとってきた。

そして、人種だったり宗教だったり思想だったり、自分たちにとって譲れない大切なものを守るための戦いも、絶えず起こっている。

生きているかぎり――有限のものを必要とするかぎり、誇りを守ろうとするかぎり、人は争うものなのだろう。

でも、だからといって、たくさんの罪なき命が理不尽に奪われることを、仕方がないと諦めるのか。仕方がないことだから何もしない、それでいいのか。

どうせ変えられないだろうから初めから何もしない、本当にそれでいいのか。

本当に、諦めるしかないのか。

その答えを、私はずっと探している。

探し続けて、いつか結局『仕方がない、諦めるしかない』という結論にたどり着くかもしれなくても、道を探し続けることをやめてはいけないのではないか、という気がするのだ。

私ひとりの力でできることなど限られている。

私ひとりがんばったってなんになるんだ、と途方に暮れることだって、もちろんある。

ひとりで世界を変えるなんて無理に決まっているじゃないか、と自分に呆れる日だってある。

でも、世界を変えてきたのは、たくさんの『ひとり』たちが集まって生まれた力だ。

些細な変化も、大きな革命も、必ず人の力で行われていて、その始まりは誰かひとりの小さな一歩だった。

始まりのひとりの歩みに、もうひとり加わって、またひとり加わって、そうして集まったたくさんの『ひとり』の力が膨れ上がり、いつしか巨大な波になり、世界を変えた。

たくさんの『ひとり』たち全員が、『自分ひとりくらい、いてもいなくても同じだ』と考えたとしたら、さざ波すらも生じなかった。

すべての『ひとり』の力で、変革が起こってきた。

だから、ひとりでも世界は変えられるはず、と私は思うのだ。

私は、世界を諦めたくない。

私は、自分を諦めたくない。

変えられないほど大きな世界だと思いたくない。

変えられないほど小さな自分だと思いたくない。


ねえ、彰。

心の中の、強くて優しい面影に、そっと語りかける。

あなたもそうだったんでしょう。

大きすぎる力の前で、自分のちっぽけさに唖然としながらも、それでも、諦める気になんてなれなかったんでしょう。

だから、自分が征くことで、何かが変わることを信じて、征ったんだよね。

そんなあなたの背中を見送る悲しみを経たからこそ、私は今、世界を変えたい、変えなきゃと自分に誓っている。

二度とあんな過ちが繰り返されないように、今も起きている過ちが一刻も早く解消されるように、歩き続けると誓っている。

あなたが征ったことで、あのときの世界は変わらなかったかもしれない。

でも、あなたと出会ったことで、私は変わった。

あなたが征ったことで、私は立ち上がった。そして、歩き続けている。

あなたの想いが、私を変えた。

あなたに出会えてよかった。

私はあなたのために、世界を変えたい。

そんなことを考えながら、生命力がみなぎるような少年たちの後ろ姿を、しばらく眺めていた。

子どもたちの向かう先には、百合ヶ丘公園がある。

彰と一緒に花の香りに包まれ、彼と一緒に星空を眺めた、思い出の丘。

ああ、のんびりしてる場合じゃない。やっと我に返る。

彼を待たせているんだった。急がなきゃ。

今日は彼と駅前で待ち合わせているのだ。ちょっと遅くなってしまったから、きっと彼が先に着いて待っているだろう。

待ち合わせって幸せなことなんだなと思う。

もう二度と会えないとしたら、待つことも待たせることもできないのだから。

誰かを待つこと、誰かを待たせること。そこここで繰り返されているそれは、待っていれば会えると分かっているからこそできることなのだ。

現代へ帰ってきてから私は、当たり前のように転がっている、当たり前のように自分の手のひらの中にある幸せを、ひとつずつ拾い集め、確認しているような気がする。

この当たり前の幸せを、決して失いたくない。

今、私と一緒に歩いてくれる人を、決して失いたくない。

当たり前の幸せも、誰かと一緒に生きることも、本当はいともたやすく壊れ、奪われるものだと、私は知っている。

だから、この幸せを大事に抱きしめながら、この幸せを守るために、私は自分にできるかぎりのことをしたい。

夕焼け

—宮原涼—

＊

「涼《りょう》！　遅くなってごめん」

駅前広場で待っていたら、国道のほうから百合が、ひらひらと手を振りながら駆けてきた。

「ううん、全然。仕事忙しかったんだろ、気にしないで。おつかれ」

「ありがと、涼もおつかれ」

「じゃあ、行こうか」

「うん、行こう」

俺たちは同じ方向を向いて、ゆっくりと歩き出す。

仕事終わりに連絡を取り合い、帰宅時間が合いそうなときはアパートの最寄りの駅前で待ち合わせて、一緒に帰途につくことにしている。

肩を並べて、同じ道を歩く。

月並みだけれど、この時間が、いちばん幸せだ。

百合の職場は駅から徒歩十分ほど、俺の職場は駅から電車で五駅の場所にある。

不動産屋巡りをしていたとき、百合は『お互いの職場の中間にしよう』と言ったけれど、百合の職場のある駅がこのあたりではいちばん買い物をしたり食事をしたりできる店が多く、住みやすそうだったので、この街を選んだ。

百合のほうが早朝出勤が多くて朝が大変なので、少しでも彼女の通勤時間を短くしてあげたかったのもある。気にするだろうから百合には言わなかったけれど。

「ごはんどうする？」

「食べて帰ってもいいけど、今日は早く帰れたし、作ってもいいな」

「じゃあ、買い物して帰ろっか。なに作ろう？」

「なに食べたい？」

「なんでも。涼は？」

「なんでも」

「言うと思った」

百合があははと笑う。

俺もあははと笑う。

幸せだ。

「じゃ、買い物しながら考えよっか」

「そうだな」

駅近くのスーパーマーケットに入り、買い物かごを持って、野菜や精肉コーナーを物色する。

「玉ねぎ、まだあったっけ?」

「半分残ったやつが冷蔵庫にあったと思う」

「じゃあ買っとこうか」

「あ、なすときゅうりが安いよ」

「いいねえ、夏野菜」

「トマトも安い。夏野菜カレーにしよっか」

「いいねえ、いいねえ」

「ゆで玉子ものせちゃおう」

「うわあ、豪華」

なんでもない会話をしながら、少しずつ増えていくかごの中身。

ずしりと手にかかる重さが、なんだか幸せの重さみたいな気がする。

付き合い初めて四年、社会人になって二年目。同棲を始めて半年。

一緒に住みはじめたら嫌な部分が見えてきて、すぐに別れることになるらしい。そんな話を耳にしたこともあったけれど、俺と百合の場合は、少なくとも今のところは、一度もいさかいやけんかなどなく、平穏な日々が淡々と過ぎている。

違う環境で育ってきたのだから、暮らしの中でぶつかることも多いかもしれない、その場合はよく話し合って解決しよう。そう意気込んでいたのだけれど、俺たちは一緒に暮らしはじめてすぐに、まるでずっとそうしてきたかのように馴染み、一緒にいることが当たり前になった。

今はもう、ひとりで暮らしていたときのことが思い出せないくらいだ。


会計を終えてスーパーを出ても、日はまだ落ちていなかった。

「日が長くなったね」

「そうだね」

買い物袋をひとつずつ持ち、アパートに向かって歩きだす。

道端の花を何気なく見ていたら、ふいに、

「あ、見て。夕焼け」

百合が声を上げた。

俺は彼女の指の先に目を向ける。

「ほんとだ」

太陽がじりじりと高度を落とし、ビルの向こうに沈みはじめていた。

そして、空には、鮮やかな夕焼けが広がっている。

燃えるようなオレンジ色に染まった雲が、ゆったりと流れていた。

「……綺麗だね」

「うん、綺麗だね」

なんでもない会話。

今このとき、日本中で、世界中で、何百万、何千万、もしかしたら何億もの人たちが、今まさに俺たちと同じように、そばにいる誰かと、同じような会話を交わしているに違いない。

それくらい、なんでもない会話。

でも、とても、とても尊い会話だと思う。

空を見て、なんの屈託もなしに、綺麗だと思えること。

綺麗だねと言いたい相手が、そばにいること。

俺と百合は、あと何度こんな会話を交わすだろう。交わすことができるだろう。

できることなら、何千回、何万回と、続けばいい。

続いてほしい。

どうか、どうか。


どちらからともなく手を繋いで、夕焼けを眺めながら、ゆっくりと歩きだす。

「あのドラマ、今日だよね」

「そうだね。九時からだから、カレー煮込んでる間に交代でお風呂に入って、食べながら観よう」

「ビールも飲んじゃう？」

「いいねえ、いいねえ」

いつまでも続けられそうな、なんでもない会話。

ふいに、涙が溢れてきた。

自分でもびっくりした。

こんなささいなことが幸せすぎて泣けてくるなんて。

俺はなんてセンチメンタルなんだろう。恥ずかしい。

百合に気づかれていないだろうか。

そう思って、ちらりと隣を見る。

百合も、泣いていた。

夕焼けに照らされながら、静かに涙を流していた。

オレンジ色に輝く、宝石のように美しい涙。

「一緒に歩いて、おしゃべりしながら、一緒にうちに帰って、一緒にごはん作って、一緒に食べて、一緒に好きなものを見て、一緒に寝て……幸せだね、私たち」

「……うん。幸せだ。すごく、すごく」

ああ、そうだよな、これって本当に本当に幸せなことなんだ。

そんな思いが胸の奥底から込み上げてくる。

当たり前の、なんでもない、ささいなことだから取るに足らないなんて、思ってはいけない。

当たり前の、なんでもない、ささいなことだからこそ、尊くて幸せで大切なことなんだ。

当たり前だけれど、当たり前じゃないこと。

なんでもない日常を過ごせる幸せ。

もしもそれがおびやかされることがあるなら、全力で守っていかなくてはならないのだ。

悲しいことにそれは、とても簡単に失われ、壊され、奪われてしまうものだから。

胸いっぱいに息を吸い込む。

夏のにおいがした。
この眩しい夏を、何度でも、君と過ごせますように。
何度も、何度も、そう願う。

魂の旅

—佐久間彰—

＊

気がつくと俺は、何もかもを失い、何もない場所を漂っていた。

光も、音も、身体も失くし、上下の感覚も、時間の感覚すらも失くした。

自分がどこにいるのか、何をしているのか、どこへ向かっているのかも分からないまま、俺はただゆらゆらと浮遊している。

まるで見知らぬ海の底に沈んでいるかのようだった。

もう何も見えなくなった目に映るのは、真っ白な幻影――うず高く降り積もる白雪の煌《きら》めき、そして、丘一面を覆い尽くす白百合の輝き。

いつか見た美しい、懐かしい、愛しい光景をきれぎれに思い出しながら、茫漠《ぼうばく》とした空間をあてもなく彷徨《さまよ》う。

そうしているうちに、いつしか、自分という存在の中核――おそらく魂というものだろう——までもが、どんどん削ぎ落とされていくのを感じていた。

大事なものが、どんどん失われていく。

大事な記憶が、どんどん失われていく。

忘れたくないものが、消えていく。

失いたくなくて、つなぎとめようとしたけれど、できなかった。

俺にはもう、つかむための手がない、かき寄せるための腕がない、抱きとめるための胸がない。

どうしようもなく、失っていく。

身体も、記憶も、感情さえも消え失せる。

忘れたくない大切な存在の——彼女の面影を、忘れてしまう。

でも、何もかもを失っても、その想いだけは、魂の奥深くに刻みつけられていた。

俺に残された、ただひとつの宝物——彼女に会いたい、という強い想い。

彼女に出会うまで俺は、そのような感情が自分の内にあることを知らなかった。

誰かひとりだけを特別に想う気持ち。

その人が恋しい、その人と共に在りたい、という込み上げるような、急き立てられるような想い。

恋慕、憧憬《しょうけい》、──想望《そうぼう》。

俺はそれまで、誰に対しても等しく平らかに接してきた。それが人としてあるべき姿だと思っていたからだ。誰もがみな大切で、敬意をもって尊重すべき存在だと考えていた。誰かひとりだけを特別な存在だと感じたことがなかった。

だから、自分は、話に聞く狂おしい恋情のようなものとは無縁な人間なのだろうと思っていた。

いや、それは、彼女と出会ったことで初めて芽生えたのかもしれない。

彼女に会うまで知らなかった、彼女が教えてくれた、尊い感情。

これまでの自分の全てを一気に塗り替えられるような激情。

でも俺は、それを努めて表に出さないようにした。

時代が、俺の運命が、それを許さなかった。

恋など知らぬまま俺は死んでいくのだ、それが俺の運命なのだと思っていた。受け入れていたはずだった。

彼女と出会ったときには、もうすでに俺は運命の荒波に乗っていて、今さら抗うことなどできなかった。

俺と彼女は、まるで神の戯れのような奇跡で出会い、すぐに別れた。俺たちの道はほんのひととき交わっただけで、重なることはなかった。

一瞬の夏だった。

俺は、切なく狂おしく暴れまわる自分の心を、必死に抑え込み、鎖を巻き、箱にしまい、蓋をした。そうして生を終えた。

短い一生だったが、未練も後悔もないはずだった。ほかに道はなかったのだから。

でも、こうしてすべてを失って、魂ひとつになった今、俺の心は鎖から解き放たれ、蓋を開け放つ。

抑え込んでいた想いが、溢れ出す。

会いたい。

彼女に会いたい、もう一度会いたい。

そして、今度こそ、願いを叶えたい。

俺の願いは、なにも大それたものではない。

ただ、愛する人と生涯を共にしたい、それだけだ。

同じ方向を見て、同じ道を歩くこと。

同じ目線で話をして、同じものに泣いたり笑ったりすること。

同じ家に帰り、同じ場所で眠ること。

そうして共に新しい朝を迎え、共に温かい食事をとり、共に美しい夕焼けを見つめ、また新しい明日を迎えること。

そんな穏やかな日々を、些細な幸せを、大切な人と共に過ごしたい。

激しい運命の渦の中では、大河の一粒のような存在では、願うことすら許されなかった、ささやかな願い。

叶わなかった願いを、今度こそ。

だから、彼女を探さなくては。見つけなくては。そして、また出会わなくては。

新しい時代で、新しい場所で、出会い直したい。

彼女がそこにいるのなら、どんなに遠い時代でも、どんなに離れた場所でもいい。俺はきっと探し出してみせる。

どこだ、どこにいる。

早く、早く、見つけないと。

今度こそ、あの笑顔を見失わないように。

今度こそ、あの手を離さなくてもすむように。

ああ、君に会いたい、早く会いたい。

君とまた出会いたい。

君とまた出会えたら、今度こそ、自分の声で、自分の眼差しで、愛を伝えたい。

永遠を誓いたい。


そのとき、小さな光が見えた。

俺は直感した。

あそこだ、あそこに君がいる。

ああ、でも、なんて遠い——あそこに辿り着くころには俺はもう、彼女の知っている俺の姿形ではなくなってしまっているだろう。

今はかろうじて残っている彼女の記憶すら、失ってしまっているかもしれない。

それでもいい、君と会えるのなら。

何としてでも行こう。君を見つけに、君と出会いに、あの場所へ。

あの花が薫る丘へ、あの星が降る丘へ——いつか、必ず。

その想いだけを抱いて、俺は永久の時の中を、遥か遠くの光に向かって、ひたすら彷徨いつづける。

君とまた出会うために。

＊

眠りから覚めたとき、何か夢を見ていたはずなのに、忘れてしまっていた。

夢のしっぽをつなぎとめたくて、目覚める間際、必死にあがいたけれど、それはつかもうとする俺の指をすり抜けて、どこかへ逃げ去ってしまった。

何かとても大事な夢を見ていた。分かるのは、それだけ。

俺はとても大事なことを忘れてしまっている。いつもそんな気がしている。

どこかへ行かなきゃいけない、何かを見つけなきゃいけない、誰かに会わなきゃいけない、会いたい。

そんな想いが俺の心に、いや、心よりももっと深くて大事な——たぶん魂に、刻みつけられている。

「涼、そろそろ起きなさい」

母さんの声が聞こえてきて、俺ははっと起き上がった。

「今日、練習試合でしょう?」

「あ、そうだ、そうだった。急いで準備しなきゃ……」

慌ててパジャマを脱ぎ、ユニフォームに着替える。

念願のレギュラーにやっとなれたんだ、今日は絶対に納得のプレーをしたい。

そんなことを考える頭に、ふっと浮かんだ白い幻影。

幼いころから繰り返し、俺の夢に出てくる、不思議な少女。

彼女はいつも、花咲く丘で、星降る丘で、風に髪をなびかせながら、ひとりで佇んでいる。

まるで誰かを待っているみたいに。

会ったこともない見知らぬ少女なのに、俺の心には常に彼女がいる。

いつだって彼女の面影を求めている。

ねえ、君は誰？　なんて名前？　夢の中では、そう問いかけることもできない。

俺はただただ彼女に焦がれている。

いつか、君に出会えるだろうか。

大切な大切な君と出会えるだろうか。

それまで俺はきっと君を探し続けるんだろう。

俺は君と出会うためにこの世に生まれてきたのだと、不思議なほどに強く確信できるから——。

あとがき

このたびは数ある書籍の中から『あの花が咲く丘で、君とまた出会えたら。Another』をお手に取ってくださり、誠にありがとうございます。

本作は、タイトルにある通り、『あの花が咲く丘で、君とまた出会えたら。』（二〇一六年スターツ出版文庫）と、その続編である『あの星が降る丘で、君とまた出会いたい。』（二〇二〇年スターツ出版文庫）に出てきたキャラクターたちの、主に「その後」を描いたスピンオフ短編集になります。

また、ここに収録されている短編の中には、小説サイト〈ノベマ！〉で連載させていただいたものや、各種特典のために書き下ろした短編に加筆修正したものも含まれています。

二〇一五年に『あの花が咲く丘で～』の元となった作品「可視光の夏」を小説サイト〈野いちご〉で執筆・公開し、完結したあとも、この物語のことはずっと心に残っていました。

本編で描いたのはほんの一カ月ほどの出来事ですが、登場人物たちがあの夏に至るまでにどのように考え、どのように生きてきたのか、そしてあの夏を経てからどのような思いを抱え、どのような人生を歩んでいったのか、彼らの過去と未来に思いを馳せ、想像せずにはいられなかったのです。それで完結後すぐに『あの星が降る丘で～』の元となる中編「あの夏の光の中で、君とまた出会えたから。」をサイトで執筆したり、他の登場人物たちの物語について少しずつアイディアを膨らませてメモに書き溜めたりしていました。

もちろんそれらはただ自分の中でのアイディアで終わる予定だったのですが、幸運にも今回このような形で、書きたかった物語たちをアナザーストーリーとして執筆させていただく機会を得ることができました。皆様にも、百合が出会った彼らの過去と未来に、それぞれに思いを馳せていただけましたら幸いです。

本作を手に取ってくだった方は、おそらく『あの花が咲く丘で～』の小説を読んでくださったり、二〇二三年十二月公開の映画を観てくださった方が多いのではないかと思います。

このスピンオフ短編集を執筆させていただけたこと、またそれを書籍として刊行していただけることになったのは、まさしく小説や映画を応援してくださった皆様のおかげに他なりません。本当にありがとうございます。


今回書き下ろした短編は、（映画を観た上で本作を読んでくださった方はすぐに気づかれると思いますが、）少なからず映画の影響を受けています。

原作にはない映画独自の設定やセリフやエピソード、キャラクターのイメージ、また主題歌から、多大なるインスピレーションを受けた上で構想し、執筆した短編がいくつもあります。

そういった意味でも、あの映画がなければ書けなかった作品集だと思っています。

映画化していただくきっかけとなった読者の皆様のご声援と、映画を制作してくださった皆様のご尽力に、心より感謝申し上げます。

いつも本当にありがとうございます。

これからも温かく見守っていただけましたら幸いです。

二〇二四年六月　汐見夏衛

汐見夏衛先生への
ファンレター宛先

〒104-0031東京都中央区京橋
1-3-1八重洲口大栄ビル7F
スターツ出版(株)書籍編集部気付　汐見夏衛先生

あの花が咲く丘で、君とまた出会えたら。Another

２０２４年６月２８日初版第１刷発行
２０２４年９月１１日　第４刷発行

著　者　汐見夏衛

発行者　菊地修一

発行所　スターツ出版株式会社
〒１０４－００３１東京都中央区京橋１－３－１
八重洲口大栄ビル７Ｆ
ＴＥＬ　０３－６２０２－０３８６（出版マーケティンググループ）
ＴＥＬ　０５０－５５３８－５６７９（書店様向けご注文専用ダイヤル）
https://starts-pub.jp

印刷所　株式会社　光邦
Printed in Japan

ＩＳＢＮ　９７８－４－８１３７－９３４１－０　Ｃ００９５

この物語はフィクションです。実在の人物、団体等とは一切関係がありません。

※対象年齢：中学生から大人まで

あの花が咲く丘で、君とまた出会えたら。
映画
大ヒット！
号泣必至の
感動作
汐見夏衛／著
定価：1,540円（本体1,400円＋税10％）
孤独な少女と
死を覚悟した特攻隊員が
出会った奇跡
親や学校、すべてにイライラした毎日を送る中2の百合。母親とケンカをして家を飛び出し、目をさますとそこは70年前、戦時中の日本だった。偶然通りかかった彰に助けられ、彼と過ごす日々の中、百合は彰の誠実さと優しさに惹かれていく。しかし、彼は特攻隊員で、ほどなく命を懸けて戦地に飛び立つ運命だった――。のちに百合は、期せずして彰の本当の想いを知り…。日本中が涙した、感動の物語。
ISBN：978-4-8137-9247-5

今話題の
汐見夏衛が贈る、青春恋愛小説
続々重版中！
夜が明けたら、いちばんに君に会いにいく
汐見夏衛・著
定価：1320円
（本体1200円＋税10%）
思いもしなかったんだ。
私の世界が変わるなんて。
私の死にかけた心をはげしくゆさぶったのは、君でした。
ある事情から優等生を演じている茜。そんな茜を見抜くように、隣の席の青磁から「嫌いだ」とはっきり言われショックをうける。自由奔放な彼を嫌っていた茜だけど、孤独と窮屈さでどうしようもなくなっていた自分を救ってくれたのは、青磁だった。青磁の隣で過ごす時間は、茜の気持ちをゆっくりと溶かしていき…。少年の秘密とタイトルの意味を知った時、涙が止まらない！
ISBN：978-4-8137-9011-2
感動の声、続々！
何度も壁にぶつかることがあるけど、この本を読んだら吹っ切れる気がします！（ニーナさん）
読み終わったとき、気づいたら涙が出ていて、自分でもびっくりしました。（＊星屑＊さん）